福家警部補の追及

大倉崇裕

“善良な”犯人たちの完全犯罪に隠された綻びを、福家警部補はひとり具に拾いあげながら真相を手繰り寄せていく——。未踏峰への夢を息子に託す初老の登山家・狩義之は、後援の中止を提言してきた不動産会社の相談役を撲殺、登り慣れた山で偽装工作を図る（「未完の頂上《ピーク》」）。動物をこよなく愛するペットショップ経営者・佐々千尋は、悪徳ブリーダーとして名を馳せる血の繋がらない弟が許せず、遂には殺害を決意する（「幸福《しあわせ》の代償」）。——ふたりの犯人を追い詰める、福家警部補の決めの一手は。「刑事コロンボ」の系譜に連なる倒叙形式の本格ミステリ、シリーズ初の中編二編からなる第四集。

福家警部補の追及

大　倉　崇　裕

創元推理文庫

ENTER LIEUTENANT FUKUIE FOR CHECKMATE

by

Takahiro Okura

2015

目次

福家警部補の追及

協力　町田暁雄

未完の頂上《ピーク》

一

狩義之《かりよしゆき》は、石段をゆっくりと登っていった。長年狩を苦しめてきた膝の痛みも、ほぼなくなっている。背負ったザックは十キロ強。心地好い重さだ。

思えば、電車でここへ来るのは初めてだ。普段は自家用車を使う。駅前通りを過ぎてから、丘のてっぺんにある家まで、二分とかからない。

腕時計に目を落とした。周囲は闇に包まれているが、蛍光文字盤なので確認できる。駅を出てから、既に十五分がたっていた。

こんなことなら、車道をのんびり歩いてくるべきだったか。

車道は丘を蛇行しながら緩やかに上る。一方、石段は急な斜面を直登《ちょくとう》していく。数えながら上り始めたが、七十を超えたところで面倒くさくなってやめた。

石段の両脇に植わっているのは桜である。開花が早かったため、ほぼ葉桜に変わっていた。四月半ばとはいえ、朝晩の風はかなり冷たい。セーターの上に着たジャンパーの前をかき合わせる。

石段の頂上が近づいてきた。手入れの行き届いた生け垣と、観音開きの大きな門が見える。門灯は消えており、辺りは静寂に包まれていた。

門の前に車三台を駐められるほどのスペースがあった。向かって右側、門に一番近い場所には、屋敷の主、中津川《なかつがわ》の4WDが駐めてある。

狩は歩速を緩め、呼吸を整えた。石段に疲れたわけではない。狩の頭を占めているのは、これから交わされるであろう会話の行方だった。

できることなら、最悪の事態は避けたい。そのための希望はわずかながら残っていた。だが、かすかな希望を狩は振り捨てた。希望は不安を生み、不安は不測の事態を惹き起こす。それは狩の流儀ではなかった。不測の事態など、あってはならない。あらゆる状況を想定し、念入りに準備する。データを頭に叩きこみ、シミュレーションを繰り返す。常に最悪の事態を思い描き、対処を徹底させる。実際に行動を起こすのは、そうした準備が完了してからだ。

駐車場を横切り、門の前に立つ。

金曜日の午後十時五十五分。約束の時間にはまだ五分ある。狩は空を見上げる。都心から離れているとはいえ、空は明るく星はほとんど見えない。山の中で見る、満天の星が恋しかった。

海外も含め数々の山に登ったが、狩は日本の北アルプスが好きだった。槍ヶ岳、穂高はもちろん、後立《ごたて》連峰と呼ばれる個性的な山々を思い浮かべると、いまだに胸がときめく。

今回の件が片づいたら、一人でふらりと出かけてみよう。もう登山家の名前は捨てたのだ。これからは、好きなときに好きなだけ登ることができる。引退を惜しむ者もいるが、五十を超え、もはや最前線で戦い抜く気力は失われていた。

もう俺の時代ではない。

秋人《あきひと》の顔が浮かんだ。これからの人生は自分自身のため、そして、我が息子のために使うのだ。今日は、そのための第一歩でもある。

狩はインターホンを押した。


「相変わらず、時間に正確だな」

中津川威彦《たかひこ》は、トレーナーにジャージという恰好で狩を出迎えた。彼はいま、この大きな屋敷に一人で住んでいる。ストーブの火は既に落とされ、寒々とした居間には、簡素なテーブルセットがぽつんとあるだけだ。

中津川は陰のある笑みを浮かべて言った。

「リフォームしたばかりなんだ。バリアフリーというやつだよ。会社の人間がうるさくてね。将来への備えだとか何だとか」

中津川は堅そうな木の椅子に掛け、狩にも坐るよう言った。

狩はザックの天蓋を開き、スーパーで買ったスナック菓子と一口チョコレートを並べた。

「一緒にどうです、晩飯を食べそこねましてね」

「君は普段も、こんなものを?」

「山で食べていると、時々恋しくなるんですよ。あなたもそうじゃありませんか?」

中津川は苦笑しながらスナック菓子に手を伸ばした。一人暮らしなので、家にいる日はインスタントラーメンか、行動食の残りを食べて凌《しの》いでいる――先日も冗談交じりにそう言っていた。

「六時前にラーメンを作って食べたんだが、どうも口が寂しくて」

腹が減っていたのだろう、スナックをつまむ手は早い。狩は適当に相槌を打ちながら、その様子を見る。

チョコレートを二つ口に放りこんだところで、中津川は言った。

「前置きはこれくらいにしよう」

目つきが変わった。深い皺《しわ》が刻まれた細面、灰色の眉に薄い唇。一見痩せているが、首筋から肩にかけてのラインには、均整の取れた迫力があった。白一色に染まった髪をきちんと撫でつけた姿は、衰えなど微塵も感じさせない。むしろ、七十という年齢ゆえの迫力、修羅場をくぐり抜けてきた者だけが発する、底の見えない堅固さが狩の心をざわつかせた。

「秋人君の事業から、手を引かせてもらう」

中津川の腹づもりは既に判っていたから、別段驚きはない。だがここは、相手の望む反応が必要だった。

「事業？　未踏峰に命をかけて挑むことが、事業だというのですか」

声を荒らげると、中津川は食いついてきた。

「チベットのチャムガランガ、七三四六メートル。この世に残された、数少ない未踏峰の一つだな。今回の計画は、あくまで秋人の名前を借りた、君の事業だろう？」

「何てことを言うんです！」

「違うのかね？」

「いいですか、これはチャンスなんです。三年前に中国の登山隊が、昨年はベトナムの登山隊が挑み、共に敗退。今年、ようやく日本隊に登山許可が下りたんです」

「敗退？　物は言いようだな。つまりは命を落としたということだろう？」

「未踏峰だけあって、登頂は困難です。技術的には、エベレストより難しい。それに挑戦するということはつまり——」

「命をかけること。君が言うと、実に軽く聞こえるね」

「挑むのは私の息子なんですよ。軽く聞こえるとは……」

中津川は椅子に坐り直して脚を組んだ。

「血のつながりこそないが、私は秋人のことを、実の息子のように思っている。かわいい息子をそんな場所に送る手伝いはできん」

「馬鹿な。あなたはいままで、何度も援助してくれた。エベレスト遠征の費用すら……」

中津川は深いため息をつく。

「そのたびに後悔していたのだよ。アタック中、私がどんな気持ちで過ごしていたか、判るかね」

「息子の挑戦を、あなたは理解してくれていると思っていました。それが証拠に、ご自身も山登りを始められた。皆が反対したにもかかわらず」

中津川が、部屋の隅に置かれた段ボール箱に目を走らせた。

「秋人の影響だよ。初めて会ったのは、五年前、品川にできたショッピングモールのオープニングパーティだったな。いきなり私の許にやってきて、遠征のスポンサーを探していると言いおった。いつもなら相手にしないところだが、彼の一途な目にすっかり魅了されてしまった。彼は山の素晴らしさについて熱く語った。それほどのものならばと、スポンサー契約を結び、私自身も山登りを始めた。六十も半ばになって、第一線を退くことを真剣に考え始めていたころだった」

「そしてあなたは、山にのめりこんだ」

「それは認める。それまで仕事ひと筋、趣味など持ったこともなかったからな。そこの写真を見たまえ」

北岳の頂上で、中津川と秋人が笑っている。背景には雲一つない青空があった。

「最高の思い出だよ」

中津川は、狩と目を合わせた。「だからこそ、秋人を失いたくないのだ」

「チャムガランガ登頂は、秋人の夢なんです」

「果たしてそうだろうか。彼の本心を、私は聞いていない」

「いまさら何を言ってるんです。出発は再来月です。すべての準備が調いつつあるんですよ」

中津川はゆっくりとした動作で、両手をテーブルに置く。このわずかな間は中津川の計算に違いない。駆け引きでは、狩の一枚も二枚も上をいく。

父親から引き継いだ不動産屋を、日本屈指の不動産チェーンに成長させた男である。昨年、業界大手の山城不動産との合併話を、自社に有利な条件でまとめ上げた。これにより中津川不動産は、大島不動産に次ぐ業界第二位となった。

自身はそれを機に現場を離れ、いまは週に二度、相談役として会社に顔をだすだけである。

そんな中津川が、狩との間合いを計っている。感情のない、冷たい目が狩を見つめた。

「君の事業、特に登山用具販売の方が、うまくないようだな」

「ええ。情けない話ですが」

「ほう、素直に認めるだけの度胸はあるらしい」

「ですが、このまま終わる気はありません。主催する海外登山ツアーの客足は戻りつつあります。スポーツジム PEAK SPORTS は好調ですし、登山用具販売店 PEAK の見直しも進めています。不採算店を閉め……」

「それはあくまで表面的な話で、改革の核は秋人にある。今回の未踏峰挑戦を利用するつもりなのだろう?」

「否定はしません。ただ、秋人の挑戦と事業は切り離して考えています。私は純粋に息子の挑戦を応援しているんです」

「命をかけた挑戦をね」

「山への挑戦は、常に危険が伴います」

中津川の頬にかすかな赤みがさした。

「無謀な試みのことを挑戦とは言わん。ただの自殺行為だ」

「チャムガランガ挑戦が自殺行為ですって?」

「私が何も知らんと思っているのかね。様々なデータを取り寄せ、検討してみた。三年前の中国隊失敗の原因は、南東壁登攀《とうはん》中に起きた雪崩だ。五名のパーティ全員が死亡した。昨年のベトナム隊は、中国隊の失敗を受けてルートを変え、南西から尾根伝いに登頂を目指した。だが、予想を超える強風に進路を阻まれ、退却。途中、三名が凍死した」

「あなたに言われるまでもない。チャムガランガについては、あらゆることが頭に入っています」

「ならばなぜ、南東壁ルートを選んだ? 安全策を採るなら南西尾根を行くべきだ」

「今年は例年より雪が少ないのが第一。秋人の登攀技術が抜きん出ているのが第二。かつて私が途中まで登攀し、ルート状況などを熟知している。これが第三」

「雪崩の危険性は三年前と大差ないとのデータもある」

「南東壁の分析は徹底的にやりました。雪崩の巣と呼ばれる場所も見つけてある。登攀ルートはそこを避け……」

「避けても無駄だろう。雪崩は避けられないと君自身いつも言っているではないか」

「百パーセント避けることは不可能ですが、データを分析し、危険性を限りなく低くすることはできます」

「中国隊だって、同じことを言っただろう」

「中津川さん！」

狩は身を乗りだした。「いったいどうしたんです？　あなたに雪崩の講義をしようとは思わなかった」

「今回の遠征について、秋人は何と言っているかね？」

「気合いが入っています。入りすぎて、我々の方がハラハラしている」

「前回のエベレストでは、かなり危険な状態だったと聞くが」

「疲労が蓄積し、体調不良を起こしただけです。診断の結果は問題なかったし、何より、秋人は無事に下りてきた」

「デスゾーンで何が起きているのか。本当のところは、その場にいた者でなければ判らん。そのことは、君もよく知っているはずだ」

「ええ。身をもって経験していますからね」

中津川が交渉のプロであっても、こと山に関してならば、負けない自信があった。狩から見れば中津川など素人同然だ。冬山の経験は乏しく、海外の山に登ったこともない。

一方、狩はデスゾーンと呼ばれる七千メートル以上の高度を、何度も経験していた。世界最高峰エベレストのピークも制覇している。

俺がやろうとしていることは、断じて事業ではない。挑戦だ。それはまた、ロマンでもある。

狩の目からその思いを読み取ったのだろう、中津川は大儀そうに息をついた。

「挑戦もけっこう、そこに命をかけるのも良しとしよう。それなら君が登ればいい。果たせなかった夢を子に託し、強要するのはやめるべきだ」

「何度も言います、私は強要などしていない」

「退路を断つのは、同じことなんだぞ」

中津川がこちらを睨《にら》みながら言った。狩は先に視線を外し肩を大きく落としながら、微笑んでみせる。

「突然のことで、興奮してしまいました。どうです、週明けにでも再度、話し合うというのは」

「いや、何度話しても無駄だ。私の心は……」

中津川の言葉を、狩は手で制する。

「今日は面白いものを持ってきたんですよ」

足許に置いたザックを開く。一番上に入れておいた、テントの中敷き用シートを広げる。八人用テントに使う、二百七十センチ四方のものだ。

「今年の秋発売を予定している新製品です。従来品より軽くなっているので、一人でも楽々……」

中津川が立ち上がる。シートの上を大股で壁際まで歩き、隅に置かれた段ボール箱を抱え上げた。

「月曜の役員会で、後援の中止を提案する。役員の賛成が必要だが、私に逆らってまで君を支持する者はおらんだろう」

「いや、待ってくれ」

シートの上で立て膝をついていた狩は、勢いをつけて立ち上がった。腕が触れ、椅子が後ろに倒れる。耳障りな音に、段ボール箱を抱えた中津川は露骨に顔を顰《しか》める。

「何を狼狽しているんだ。秋人はまだ若い。今後もチャンスはあるだろう」

「いや、ダメなんだ。チャムガランガの初登頂を狙う国は多い。アメリカ隊、フランス隊は、既に準備を終えたと言われている」

中津川はふんと鼻を鳴らし、箱を逆さにした。床にぶちまけたのは山の道具だった。シャツにパンツ、帽子や靴下などの衣類、ポリタンクやコッヘルといった食器類、その他マップケースやコンパスまでもが、無残に投げだされている。

「山登りもやめる」

中津川は壁際にある戸棚から登山靴とピッケルを取り、ぶちまけられた道具の横に置いた。

「黙って捨ててもいいのだが、君からもらったものばかりだ。一応、諒解を得ておきたくてね」

狩は冷静に、道具類を見下ろした。

いま中津川に手を引かれては、資金の目処《めど》がたたなくなる。中国政府への根回しを二年前から続け、相当な金も使った。食糧などの資材手配はほぼ終わっている。いまさら中止になどできない。

しかも今回の遠征には、二台のテレビカメラが付くことになっていた。登頂に成功してもしなくても、ドキュメンタリーを放映する契約で、取材は既にスタートしている。

「どうすれば援助を継続してくれるんだ？」

山の道具をぶちまける大仰な行動の陰に、企みがあることを狩は見抜いていた。

中津川はニヤリと笑う。

「チーム代表を降りてもらう。それが条件だ」

「本気で言っているのか？」

「新代表は私だ。今後、秋人のマネージメントは私が行う。医師やトレーナーも総入れ替えだ。いたずらに秋人を危険にさらす者は必要ない」

「馬鹿なことを言うな。我々は長年、一緒にやってきたんだ。人員を入れ替えたら、秋人が困惑するだけだ」

「秋人の周りにいるのは、君に忠誠を誓ったイエスマンばかりじゃないか。そんな危険なチームに、秋人を置いておくことはできん」

狩が演じた狼狽ぶりに、中津川は気を良くしているようだった。シートの真ん中に立ち、こちらを蔑むような目で見ている。

頃合いを見て、狩はザックの脇に移動する。

「それは残念です」

「明日は、月曜に提出する議案を練る」

中津川が視線を外し、廊下の方を見た。そのタイミングで、狩はザックの中から五キロほどある石をだした。今日のため、山から持ってきたものだ。ウレタンマットでくるんである。

「君はまだ気づかないのか。あの……」

石を中津川の頭に叩きつけた。鈍い音がして、中津川は仰向けに倒れた。呆気ないものだ。石をウレタンでくるんでいたため、ほとんど血は出ていない。皮膚が裂け、シートの上に少量飛び散っただけだ。

死の直前、中津川が視線を向けていた方を見やる。開きっ放しのドアと廊下、その先にある玄関が見える。あのとき、何を言おうとしていたのか。

狩は意識を切り替え、用意していた手袋をはめる。中津川の登山用具を一点一点確認し、春の低山登山に必要なものをピックアップしていく。中津川とは何度も山へ行った。彼の持ち物は、ほぼ把握している。

汗を吸うウール百パーセントのアンダーウェア、シャツ、パンツ、その上にカーキ色のジャンパー、毛糸の帽子に厚手の靴下、そして軍手。

装備品としては、ガスカートリッジ、食器類、水筒、セーター一枚、レインウェア、靴下、予備の靴紐、マップケース、コンパス――。

装備はほとんど手入れされていない。レインウェアなどは干した後、畳んでケースに入れることすらせず、丸めて突っこんである。そんな状態を見るにつけ、狩は腹立たしさを抑えられなかった。この程度のこともまともにできない男が、山に関していったい何を語ろうというのか。

選んだ装備品を棚にあった中津川愛用の、黄色い二十リットルワンデイザックに詰めていく。先ほどのレインウェアを畳んでケースにしまい、一番上に入れた。最後に、天蓋を開いて用意しておいた行動食を入れる。

行動食とは、山で歩行中に食べる食糧である。通常、目的地に着くまでは食事をゆっくり取ったりはしない。チョコやせんべい、あんパンなどをビニール袋に入れ、休息中などにつまむのだ。狩は一日分の行動食として、あんパン、スナック菓子の小袋、一口チョコ数個に飴、カップ麺一人前をパックして入れておいた。

棚にあったエアリアマップの中から倉雲岳《くらくもだけ》のものを選び、コンパスと共にマップケースに入れる。残った装備品は段ボール箱に戻した。

続いて、遺体を着替えさせる。着ていたジャージ類は、洗面所にある洗濯機の中に入れた。最後に、中津川のスマートフォン二台を遺体のポケットに入れる。仕事用と私用を分け、両方持ち歩くのが中津川の習慣だった。

すべて整えるのに、三十分ほどかかった。だが焦る必要はない。時間はたっぷり取ってある。あとは遺体をシートでくるめば、この場での行動終了だ。

中津川は小柄で細身。体格は狩と似ているが、中身は正反対と言っていい。過酷なトレーニングにより、狩の体は引き締まっている。診断によれば、実年齢より十以上若い、三十代後半の肉体らしい。

遺体をかつぎ、下駄箱の上にかかっている車のキーを取って、駐車場へ向かう。

車のトランクを開けると、背負子《しょいこ》と呼ばれる運搬具が入っていた。緑色のパイプが梯子状に組み合わされ、それをザックのように背負うための背当てや肩ベルトがついている。底に当たる部分には、固定用の金属板が固定されており、横から見るとL字形になっていた。ザックに入りきらない大きな荷物をロープで固定し、背負うのだ。小屋への荷揚げなど、一度に大量の荷を運び上げるとき、また怪我人の搬送にも重宝する。学生時代、狩が所属していた山岳部では、各パーティに一つ、背負子を共同装備にするのが慣例だった。

中津川が背負子を購入し、トランクに入れていることは知っていた。トレーニングのため、背負子に石などを載せ低山へ行く。そんな戯言《たわごと》を聞いていたからだ。

そういうことをすれば、周りが迷惑する。自分の年齢と体力を考え、無茶は控えた方がいい。狩が説得して何とか思いとどまらせたのが、昨年の夏のこと。だが、よほど未練があるのか、背負子を手放してはいなかった。

いい買い物をしてくれたよ。皮肉な成り行きに思わず笑みが浮かんだ。

遺体をロープで背負子に固定し、背負ってみる。かなりの重量だが、何とかなりそうだ。

背負子ごと遺体をトランクに入れ、狩はいったん屋内に戻った。テーブルのスナック菓子などを掃除し、出たゴミは、凶器となったウレタン巻きの石と共に、自分のザックに詰めた。

右手に自分のザック、左手に中津川のザックを持ち、部屋を出る。

玄関で靴を履きながら、腕時計で時刻を確認した。午後十一時五十二分。頭の中にできあがった計画表に、インプットしていく。

大丈夫だ。かなりの余裕を持って、計画を完遂できるだろう。

表に出ようとして、重大な見落としに気づいた。杖だ。中津川は登山に杖を持っていく。杖は何本もあり、玄関の傘立てに放りこんであった。登山用ステッキや土産物屋でも売っている木製の粗悪なもの、折畳み式の最新型などがごちゃ交ぜに置いてある。狩はそれらの中から、赤い布がひと巻きされたものを抜き取った。中津川は、そのとき使っている杖に赤い布を巻く。その習慣を知っていたからだ。選んだ杖は、登山用に開発されたトレッキングポールと呼ばれるものだった。グリップがT字形になっている、一本で使用するタイプの商品だ。ほとんど使われておらず、新品同様に見えた。

相変わらず、装備だけは一級品だな。

狩は玄関ドアから外に出て、鍵を締めた。

助手席に二つのザックとポールを置き、運転席に坐った。丘の上の一軒家で、隣近所の目を気にせずいられるのはありがたい。

ハンドルに手を置き、呼吸を整えた。

どれだけ準備をしても、やはり不安は残る。不安は注意力を鈍らせ、判断を誤らせる。

計画は万全だ。問題があるとすれば、この計画に逃げ道がないということだ。どんな登山計画にも、エスケープルートを設定する。撤退を決めた際、より早く安全に下山できるルートのことだ。

狩は口許を引き締めた。エスケープルートは用意されていない。これは撤退不可能なミッションなのだ。


手袋をはめた手でハンドルを握りながら、狩は慎重にアクセルを踏みこむ。曲がりくねってはいるが、舗装された一本道だ。何度も通っているので、道はほぼ頭に入っている。ヘッドライトを点けない危険な道行きだが、不安はなかった。唯一の懸念は道端に車が駐まっている可能性だが、深夜と言っていい時間、こんな場所にいる物好きはいないだろう。

天候は曇り。外気温は七度だ。

大きく右にカーブしたところで、待避スペースが現れた。狩は車をそこに入れ、時間を確認する。午前三時二分。法定速度を守り、慎重な運転を心がけながら、倉雲岳入山口に通じる道へ入った。計画の三分の一は、問題なく遂行された。

狩は闇の中のドライブを再開する。入山口の駐車場まで、あと十分ほどだろう。

倉雲岳は標高二〇一五メートル。東京都の奥多摩山系の最奥部に位置している。駅からのアプローチもよく、三本ある登山ルートはどれも整備されていた。埼玉県側の入山口、倉沢《くらさわ》峠には温泉があり、また頂上付近には二軒の小屋が通年営業している。ゴールデンウイークを前に、山開きはまだだが入山そのものに規制はなく、誰でも登ることはできた。

狩が向かっている倉雲岳入山口は、東京都側からの最も一般的なルート、通称倉雲ルートの起点だった。六台分の駐車場があり、閑散期であれば一般車も利用できる。ＪＲの駅まで行くバスも、日に数本、運行されていた。

駐車場の標高は約五百メートル。そこから杉林の中を一気にピーク付近まで登っていく。途中は退屈な道行きだが、五時間から六時間ほどでピークに着くことができる。

狩は高校、大学の山岳部時代、数えきれないほど倉雲ルートを登ってきた。新人の歓迎登山、石を担いでのトレーニング、週末に時間を持て余し、ふらりと登りに来たこともある。地図を見なくとも、ルートは完全に覚えていた。

午前三時十五分。入山口駐車場に着いた。一台も駐まっていない。一番奥に車を入れ、エンジンを切る。闇と静寂に浸りつつ、狩はドアを開けた。気温は思っていたより低い。だが、これからすることを考えれば、適温と言えるだろう。

トランクを開け、遺体をくくりつけた背負子を起こす。一度地面に下ろしてしまうと、独力で背負うのは困難だ。肩ベルトに腕を入れ、ゆっくりと立ち上がる。

トランクを閉め、両腕を胸の前で組んだ。背負子が背中と腰に密着し、重量が分散される。

街灯一つない闇の中を進み、狩は登山道に入った。ここからは記憶と五感だけが頼りだ。ヘッドランプを点けられればいいが、万が一のことを考えると、そうもいかない。

記憶では、しばらく平坦な道が続く。二百メートルほど行ったところで、本格的な上りに入るのだ。

歩を進めながら、狩はコンディションを確認していた。腰、膝ともに問題はない。愛用の登山靴は、軽い割に耐久性が高く、足回りもしっかりとカバーしてくれる。

十分歩いて立ち止まり、脈を測った。さすがに息が上がってきた。ルートは既に、斜面をジグザグに登り始めている。植わっているのはほとんどが杉で、幹の合間を縫うようにルートが延びている。地形はなだらかな尾根上であり、足を取られる岩石はなく、滑りやすい赤土でもない。

一定のリズムで呼吸をしながら登っていく。思いだされるのは、三十歳の夏、八ヶ岳で偶然、負傷者を救助した時のことだ。雨の中、負傷者を背負い、二時間近く歩き通した。大柄な中年男性だったので、下山後しばらく腰と膝に鍼《はり》を打つはめになった。

それに比べれば、まだ楽なものだな。

加齢による体力の衰えはたしかにある。それでも、歩行技術はさらに向上しているし、精神面もあのときより強くなっている。

十五分に一度、立ったまま休息を入れつつ、狩は登っていった。

勾配が増すにつれ、ルートは細くなっていく。杉の林がいつしか広葉樹に代わり、根の張りだしや倒木によって、かなりの段差を乗り越えねばならない場所もあった。

それでも、狩には進むべき方向が見えていた。ベルトは肩に食いこみ、支点となる腰は悲鳴をあげている。

だが、あと少しだ。

標高九二〇メートル地点に、この倉雲ルート唯一の危険地帯がある。倉雲崩落痕と呼ばれる、沢の突き上げだ。十年前の豪雨で東斜面が大きく崩れ、三十メートルほどにわたるガレ場となっている。向かって右側はすり鉢状になった崖へと落ちこみ、左側は切り立った岩盤が迫る。ルートの幅は一メートル強。小石の転がる足許は不安定で、ここで動けなくなる初心者もいると聞く。そうした登山者のために、岩盤にはボルトが打ちこまれ、鎖が通してあった。鎖はルートに沿う形で張ってあり、手すり代わりにもなる。

だが、狩にとっては難所でも何でもない。狩は背負子を外し、地面に下ろした。腕を回し、肩をほぐす。

手荒く梱包を解き、遺体をルート上に転がした。広がったシートを手早く丸め、風で飛ばないよう、手近な石を載せた。続いて、遺体の両足を持ち、靴底にルート上の土や小石をなすりつける。靴紐の周囲など、汚れの溜まりそうなところにも同様の処置を行った。

そのとき、異音が狩の耳を打った。音源はすぐに察しがついた。スマートフォンだ。中津川の胸ポケットで震えている。ここは電波が入らないと聞いていたのだが。

数秒迷った後、狩は振動しているプライベート用のスマホを取りだした。こんな時刻に、しかもプライベート用にかけてくるなんて、いったい誰だ?

画面には「高森陽子《たかもりようこ》」とあった。

狩は舌打ちをして、振動が止まったスマホをポケットに戻した。

あの女、自分から電話するまでになっていたのか。

遺体を抱き起こして背負い、鎖を使うことなく、ゆっくりとガレ場を進んでいく。石を踏む音だけが暗闇に響いた。中ほどまで来たところで、狩は遺体を崖下めがけて落とした。かなりの勢いで転がっていったことは、砂や石の崩れる音で確認できた。

狩は言葉にならない高揚感に包まれていた。困難を乗り越え、ピークを踏んだ瞬間の気持ちに似ていた。

その余韻に浸りつつ、しばしルートに腰を下ろした。これで全体の半分は終了だ。だが、油断してはならない。山でいうなら、まだピークに到達したにすぎない。山で最も大切なことは、登頂ではない。生きて帰ることだ。ピークを踏んだことで気が緩み、下山時に命を落とす――そんな登山家が多かった。

本番はこれからだ。

狩の心に緩みはない。時刻を確認する。午前四時四十七分。思った以上に時間がかかっている。

石の下からシートを取り、脇に抱える。空になった背負子を背に、狩は下山を開始した。暗闇の下山は登り以上に神経を遣う。疲労の蓄積した足を捻挫すれば、行動不能になりかねない。

駐車場に戻ってきたのは午前五時三十分だった。天気は変わらず曇りだ。予報によれば、気圧の谷が通過するも、大きな崩れはないという。狩も天気図を確認したが、雨の心配はなさそうだ。

車のトランクを開け、背負子を戻した。続いて助手席から自分のザックを取る。底に入っている着替え一式は、昨夜中津川に着せたのと同じものだ。シャツ、パンツ、ジャンパー。雨天に備え、レインウェアも同色のものを用意していた。それらに手早く着替え、最後に杖を持つ。

遺体をくるんでいたシートは、畳んでザックに突っこんだ。

狩は自分のザックを持って駐車場を離れ、茂みの陰に入っていった。数メートル先の下草の中にシートの入ったザックを置く。蓋を開けて凶器の石をだし、ウレタンを外して地面に転がした。

ウレタンを戻し蓋を閉めると、ザックを草でカモフラージュした。こんな場所に入ってくる者はいないだろうが、万一ということもある。

狩は時刻を見る。午前六時一分。

中津川の車に戻ると、運転席に坐る。シートを倒し、背中と腰を伸ばした。キャップをまぶかにかぶり、目を閉じる。

どれだけ短くとも、休息は取れるときに取る。狩は眠りに落ちた。

一時間後、狩は目を開けた。予定通りの時刻だ。シートを元に戻し、外に出た。助手席から中津川のザックとポールを取る。

午前七時五分。土曜日最初のバスが到着するはずだ。シーズン前とはいえ、関東近郊から登山者がやってくるに違いない。

中津川のようなマイカー派がいなかったのは幸いだった。一台でもあったら、計画が面倒になっていたところだ。だが、高齢者が多いこの山域で、マイカー派は少数であることも、事前に調べてはあった。

狩は小さく伸びをして、山裾から広がる景色に目をやった。空は明るくなっており、頭上では鳥が鳴き交わしている。いつもと変わらない山の日常だった。

風に乗って、エンジンの低い音が聞こえてきた。待っていたものが来たようだ。

バス停は駐車場の二十メートルほど手前にある。狩は登山道の入口に立ち、バスの到着を待った。

数人の登山客を乗せた市営バスが道を登ってきた。運転手は、駐車場にある車を間違いなく認識しただろう。

バス停に降り立ったのは、五十代後半から六十代初めと思われる男女七人だった。皆、同じパーティらしい。

彼らが近づくのを待ち、狩は後ろ姿をさらした。

親しげに交わす会話に、わずかな間が生じた。

「あら」

女性の声を耳にしたところで、狩は登山道へと入っていった。あとは彼らと一定の距離を保ちつつ、ピークを目指すだけだ。昨夜、闇の中で登った道を登り返す。

右手に持った杖が邪魔だった。こんなものは必要ない。さっさと捨ててしまいたかったが、そうもいかない。十五分ほど登ったところでペースを落とし、杖をつくスタイルに切り替えた。

中津川を投げ落とした場所も、難なく通過した。崖下に痕跡がないことを確認する。遺体ははるか下方まで滑り落ちたのだろう、登山道から目にすることはできない。

狩は細い尾根を渡りきり、五分間の休息を取った。行動食のスナックとチョコを食べる。包み紙はザックに戻し、水筒の水を少量口に含むと、再び歩きだした。しばらくは、南東方向に伸びる尾根上を行く。樹林で展望もなく、ダラダラとした上りの続く、退屈きわまりないルートだ。

何度となく倉雲岳に登った狩だが、道行きを楽しいと思えたことはなかった。学生のころはトレーニング目的、最近はツアーガイドのような立場で入山口とピークを往復していた。八千メートルを極めた狩にとって、この程度の山は運動とすら呼べない。

ルート上に横たわる倒木を越え、小ピークを南側から巻いたところで、二回目の休息を取った。登り始めて二時間。コースタイムを切る速さで登ってきている。

少し早すぎるか。狩はルート脇に腰を下ろした。

標高一五〇〇メートル付近は、下草が生い茂り、山深い奥地を連想させる静かな場所だ。雲の合間から漏れる薄日は葉に遮られ地上まで届かないが、山裾からの爽やかな風が、濃い緑の香りと共に斜面を渡っていく。狩は我を忘れ、その場に佇んだ。長らく忘れていた何かに触れた気分だった。

斜面上方で、草を踏む音がした。

キャップをかぶり直し、音のした方を向く。斜面の上方、八十メートルほどのところに鹿がいた。体の大きさ、角からみて牡鹿だろう。狩の気配に気づいたのか、こちらを睨んだまま、動かない。この山域に鹿は相当数生息しているらしいが、狩自身、その姿を見たのは初めてだった。

鹿は黒い目で、じっと狩を見ている。狩は杖で、幹を強く叩いた。

カンという乾いた音と共に、鹿は身を翻し、斜面の向こうへと消えた。

「そんな目で、俺を見るな」

ザックを背負い直し、狩は歩き始めた。

二

東八王子《はちおうじ》署地域課の野邊《のべ》浩介《こうすけ》は、途方に暮れていた。時計は午前七時を指しているが、事態は一向に収束を見せない。

「ですから、何度も言っているように、様子を見に行ってほしいんです」

野邊の前に坐っている高森陽子は、ハンカチを握った手を膝に置いたまま、ぴんと背筋を伸ばし、力のこもった目で野邊を見つめていた。年齢は五十代半ばで、手編みと思われる薄いブルーのセーターを着ている。

大人しそうな外見ではあるが、芯は強く気も強い――そんな野邊の見立ては、見事なまでに当たっていた。向き合って話を始めて既に一時間、完全に持て余している。

「ですから、それだけのことで捜索をかけるのは、ちょっと難しいと」

「当人が言ったんですよ。連絡がなければ警察に行けって。私、ゆうべはずっと連絡を待っていたんです。でも、電話一本なくて、もう不安で不安で。朝まで待とうかと思ったんですけど、どうにも我慢できなくなって、四時過ぎに一一〇番したんです」

苛立ちが声に出ないよう、注意を払いながら、野邊は言った。

「その件については、何度もお聞きしました」

「警察ってところは、もう少し親切だと思っていましたよ。電話に出た人は、何だかやる気なさそうにのらりくらり話をして、はっと気づいたときには電話を切られていたんです」

通信司令室の担当官も、さぞ苦労したことだろう。だが、さすがはプロだ。話を適当な方向に持っていき、納得したような気分にさせて、相手に電話を切らせたのだから。

でも普通、それであきらめるよなぁ。

「仕方なく、近くの交番へ行ったんです。そしたら、誰もいないじゃありませんか！　深夜に交番が空っぽだなんて。ただいまパトロール中って札がかかってるんですよ。いったい何なんですか」

話はとめどなく警察批判へと流れていく。

「高森さん、落ち着いてください」

「私は落ち着いていますよ。落ち着いているからこそ、交番を二つ回った後、ここに来たんじゃない」

野邊は仕切りの隙間から、課内の様子をうかがった。数人の課員は、誰もこちらに近づこうとしない。

まいったなぁ。

警察官になって五年目の野邊は、今年から地域課に配属されている。午前六時前、取り扱った事案の書類を整理しつつ、交代時間を気にし始めたとき、一階受付から連絡があった。反射的に受話器を上げてしまった自分を呪うしかない。高森陽子という厄介事は、これ幸いと野邊に押しつけられた。

「どうしてあなたがたは腰が重いの?」

日ごろから地域パトロールに当たり、多くの人と接してきた。職務質問だってやってきた。喧嘩の現場に臨場したことだってある。その野邊が完全に圧されていた。

たしかに、警察官としては背が低く、童顔ではあるが、それなりの貫禄というか、雰囲気というか、一目置かれる感じになってきたと、自分では思っていたのだ。そうした自信を、陽子は木っ端微塵にしてくれた。

野邊の夢は刑事になることだ。簡単でないことは承知しているし、自分には荷が勝ちすぎだという自覚もある。それでも、やれることは何でもやりたかった。帰宅したら、昇任試験の勉強をしようと思っていたのに。

「私、難しいことは言っていませんよね。中津川の行方を捜してほしい。そうお願いしているだけなんです」

「そうはおっしゃいますが、中津川さんと連絡が取れなくなって、まだ半日とたっていないわけでしょう？　子供ならともかく、大の大人がですね……」

「ですから……」

「連絡がなければ警察に行け。中津川さんが電話でそう言われた。それだけでは警察は動けません。中津川さんがどういう意味をこめておっしゃったのかが判りませんと」

「私に判るわけないでしょう」

「高森さん、あなたは中津川さんの秘書だということですが」

「中津川不動産相談役の秘書です。三十年以上、お仕えして参りました」

「三十年以上仕えたあなたにも判らないわけですね」

陽子は涙目になっていた。

「社長、いえ相談役は聡明な方です。理由も言わずこんなことをおっしゃったのは、よほどの事情があったからです。もちろん何度もわけを尋ねました。でも、頑としておっしゃらなくて……」

野邊には返す言葉がなかった。いっそ、相手の要求に応えてやれれば、どれほど楽だろうか。中津川の真意は判らないが、高森陽子の切実な訴えは野邊の心に響いていた。

だが、事件性のはっきりしないものに警察が介入するわけにはいかない。下手に安請け合いすれば、野邊自身の立場も悪くなる。中津川は、愛人宅にしけこんでいるのかもしれない。行きつけのバーかどこかで、酔い潰れているだけかもしれない。

「しかしですね……」

「そうしたことは、以前にもありましたか？」

野邊を遮って、鈴のような声が響いた。小柄な女性が仕切りの隙間からこちらをのぞきこんでいる。縁なしの眼鏡をかけ、右手にはコーヒーカップを持っている。

野邊は思わず立ち上がって、敬礼していた。

「警部補、あ、あの……」

「いきなりごめんなさい。コーヒーを取りに来たら、声が聞こえたものだから。刑事課のコーヒーメーカーが壊れているみたいなの。昨日、私が空焚きしてしまって……」

そんなことを言いながら、半ば野邊を押しのけるようにして入ってくる。一方の高森陽子は、突然の闖入者を、ポカンと口を開けて見上げている。

「あ、突然、申し訳ありません。私、福家と申します」

カップをテーブルに置き、スーツのポケットを探り始める。

「あら、おかしいわ……。ここに入れたはずなのだけれど」

「あのぅ」

新たな人影が仕切りの向こうに現れた。「給湯器のところに、これが……」

事務の女性が差しだしたのは、警察バッジである。

「あ、それ！　どうもありがとう。助かったわ」

受け取った福家は、写真と身分証を陽子に見せた。

「警視庁の福家と申します」

好奇心で目を輝かせている事務の女性を追いやり、野邊は福家に耳打ちした。

「警部補、こんなところにいていいんですか？」

福家はきょとんとした顔で、

「あら、捜査本部は解散したし、報告書もだいたい書き終えたわ」

八王子東署には、昨日まで捜査本部がたっていた。「ギヤマンの鐘」という新興宗教団体が起こした騒動の一つが、管轄区内で起きたためだ。殺人未遂事件に本庁から捜査一課の面面が乗りこんでくることとなり、刑事課だけにとどまらず、地域課、交通課の数名も捜査本部に編入され、署全体がぴりぴりした緊張に包まれた。

捜査員たちのリーダー格が、この福家だった。捜査一課のエースと呼ばれる女性警部補は、瞬く間に事件を解決し、事件に関与した信者八名の身柄を確保した。

「ギヤマンの鐘」信者による事件があちこちで起こり、各署が対処に苦慮するなか、圧巻とも言えるスピード解決だった。

福家は野邊の隣をすり抜け、高森陽子の向かいにちょこんと腰を下ろした。

「もう一度うかがいます。中津川さんは、以前にもこのようなことをなさいましたか？」

陽子の助けを求めるような視線を受け止め、野邊はゆっくりとうなずく。

陽子は小さくため息をつくと、

「いいえ。こんなことは初めてです」

「中津川氏と最後に会われたのはいつです？」

「昨日の午後二時過ぎです」

「中津川氏からの電話を受けられたのは？」

「午後五時過ぎ、私が退社する直前です。切迫した感じの声でした」

「中津川氏が言った内容を、正確に覚えていますか」

陽子は、あからさまに眉をひそめた。

「そんなこときいて、何になるんです？　いいですか、私がここへ来たのは……」

「『連絡がなければ警察に行け』。あなたは先ほど、こうおっしゃいました。それで間違いありませんか？」

福家は、いつから自分たちの会話を聞いていたのだろう。野邊は福家の隣にそっと腰を下ろしつつ、摑み所のない小柄な女性の横顔を盗み見る。容疑者の逮捕を受け、刑事課の面々は徹夜が続いているという。福家も例外ではないはずだが、顔に疲れは微塵もなく、髪にはひと筋の乱れもなかった。

対照的に、高森陽子は憔悴していた。目は落ちくぼみ、髪も乱れている。

「ええ、それは間違いありません。でもそれがどう問題なんです？」

「時間の指定がなかったもので」

「え？」

「何時までに連絡がなければ——中津川さんはそうはおっしゃっていません。つまり、時間を区切る必要はなかった。具体的に示さなくても、あなたには判断がつく。中津川さんはそう考えておられたのでは？」

陽子ははっとした表情で、膝の上の手を握り締めた。

福家はそれ以上質問せず、陽子の答えを待っている。

「あの……」

陽子は脇に置いたバッグからだしたハンカチを鼻に当てて言った。

「相談役はお休みになる前に、私の携帯にメールをくださるのが日課でした」

野邊は啞然として陽子を見る。つまり、彼女と中津川は秘書と役員以上の関係にあるということか。

それにしても、仕切り越しに漏れ聞いた会話だけで、相手の隠し事を見抜いてしまうとは……。

福家は口をつぐんだまま、陽子の言葉を待っている。主導権はいまや福家の手にあった。

陽子は洟《はな》をすすって、

「私、家でずっと待っていたんです。不安に押し潰されそうになりながら。でも、とうとう連絡はありませんでした」

言葉は途切れ、嗚咽になった。ここまで抑えてきたものが、ついに噴きだしたようだ。

「そう言われましてもね」

野邊は思い切って口を挟んだ。「何度も申し上げたように、警察はですね……」

「殺されたんです！」

陽子の一言に、場の空気が凍りついた。

「な、何ですって？」

「相談役は、狩義之に殺されたんです」

野邊は福家を見た。眼鏡の奥で、彼女の目は冷たく光っていた。そこに感情は読み取れない。

参ったなぁ。野邊は口を挟んだことを心底、後悔した。不用意な一言で、地雷を踏んでしまった。

「あの、高森さん、何か根拠があるんでしょうか。そのぅ、中津川さんが殺害されたという」

ハンカチで涙を拭き、陽子は言った。

「そんなものありません。でも、何となく判るんです」

「何となく……ですか」

「ここ数日、相談役はひどく悩んでおられたようです。部屋にコーヒーをお持ちしたとき、

『問題は狩だな』とつぶやいておられるのを聞きました。多分、無意識に出た独り言だと思いますが」

「独り言は根拠になりませんよ」

「でも、ほかに説明がつかないじゃありませんか。相談役は毎晩必ず連絡をくださったんです。それが電話一本、メール一通来ないんです……」

陽子はとうとうハンカチに顔をうずめて泣き崩れた。

福家がそっと相手の膝に手を置いた。

「判りました。できる限りのことをしてみましょう。気をしっかり持って」

三

頭上の茂みが徐々に薄くなってきた。空は雲に覆われているが、ところどころ青空が見えるまでに天候は回復してきている。前方には、赤い屋根の小屋が見えてきた。ピーク手前にある町営倉雲小屋である。ゴールデンウイーク前は原則営業休止だが、山開きの準備もあって、四月の土日にはいつも人が入っていた。軒先には雨具が干してあり、小屋周辺の草も綺麗に刈ってある。

狩はキャップをかぶり直し、杖を手にゆっくりと歩いていった。体調はよく、疲れはまったく感じていないが、中津川になりきる必要があった。

小屋の中で人の動く気配があった。登り始めて約三時間半、時刻は十時四十分である。中津川としては速すぎるペースだが、もう限界だ。さっさとピークを踏み、下山したい。

ピークまでの一本道は、開けた尾根歩きとなる。下界では桜が終わるころになっても、この辺りには冬の名残が色濃い。枯れ枝が寒々とした光景を演出している。湿った土を踏み締めて、狩はピークを目指す。

小屋の前を通過して二十分でピークに到着した。「倉雲岳」と書かれた標識があるだけの寂しい場所だ。三百六十度の展望をうたっているが、二千メートルほどの山で、見えるものは高が知れている。

狩自身、感動めいたものは一切覚えなかった。

標識の下にプラスチック製の箱があった。蓋を開けると、ビニールに包まれたカードが入っている。倉雲岳を象《かたど》ったイラストが描かれ、登頂記念の文字がスタンプされている。倉雲小屋が用意しているものだ。小屋の玄関脇にある日付のスタンプを押して持ち帰れば、登頂の証明書にもなる。これが意外な人気を呼び、記念日登山などのリピーターを生んでいた。

カードを一枚取ると、狩はすぐに下山を開始した。小走りに尾根を下り、小屋の前で立ち止まる。スタンプは既に用意されていた。日付を確認し、カードの左下に押す。

ふと顔を上げると、ドアのガラス越しに、男と目が合った。カウンターの向こうで会釈している。狩は赤い布が目につくよう、杖を軽く振って応え、素早くその場を離れる。カードは、歩きながらザックの天蓋に入れた。

道は再び樹林の中へ入っていく。

五分ほど下ったところで、狩は道を外れ、下草の茂る斜面を進んでいった。ルートから完全な死角に入ったことを確認した後、一気に下った。樹林を抜け、下草を踏み、道なき斜面を駆け下りていく。荷物はないに等しく、鬱陶しいのは右手の杖だけだ。一切の雑念を排し、二歩先を見る。下りにおいて、狩は常にそう心がけている。足許ばかり見ていては、かえって危険だ。自分の進むべき方向、次の次のステップを常に考える。履き慣れた靴が地面をしっかりと捉え、一定のリズムで駆け下りていく。

三百メートルほど下ったところで歩を止めた。風に乗って、話し声が聞こえてくる。始発のバスに乗ってきた、七人パーティだろう。ルート上をゆっくり登っているに違いない。彼らの気配がなくなるまで、狩は斜面で息を殺していた。ルートからはかなり離れており、目撃される恐れはないが、念には念をだ。

十分間待った後、再び下りる。バスは一時間に一本だから、しばらく登山者と行き合う心配はない。狩はさらに速度を上げた。

倉雲崩落痕付近に到着したのは、十二時三分だった。コースタイムの半分ほどで下りてきたことになる。

呼吸はほとんど乱れていない。膝や足首に異状もない。

狩はルートに戻り、鎖場を通り過ぎる。前後に登山客の気配がないことを確認し、まず、ポールを谷底へ投げ捨てた。岩に当たる乾いた音が、何度か響き渡った。

続いてザックとキャップを投げた。ザックの鮮やかな赤い色が、灰色の岩場をバックに放物線を描いていく。

狩は肩の力を抜き、深呼吸を一つして歩き始めた。

ガレ場が終わると再びルートを外れ、生い茂る草木の中に身を投じた。草木の勢いは知れたもので、払うべき枝も少なかった。鉈《なた》などを持たなくても、この程度なら難なく下れる。途中、二組のパーティをやり過ごした後、予定していた地点に出た。自分のザックを隠しておいたところである。

目印の石はすぐに見つかった。土や葉をどけ、ザックを引っ張りだす。自分の服を取り、変装用の服を脱いで詰め替える。着慣れた服に袖を通すと、汗がまだ乾いておらず、ひどく不快ではあったが、やはり自分の服は身に馴染む。

時刻は十二時四十五分。ほぼ予定通りである。

ザックを背負い、狩は斜面から道路に出た。駐車場には中津川の４ＷＤが駐まっているだけだ。周囲に人影はない。

狩はジョギングをする感覚で道を下り始めた。駅から駐車場までは、バスで約三十分の道程だ。下りであれば、簡単に歩くことができる。

山腹を下ってきた道は、やがて国道と合流する。人目を避けるため、狩はあえて裏道を進んだ。この辺りはまだまだ自然が残っている。畑と裏山の間を抜け、建て直したばかりと思われる住宅を通り過ぎた。

四つ角を曲がったところに巨大なスーパーがあった。目の前に、裏口に当たる搬入口が見える。

狩は搬入口の向こうにある、人の背丈ほどの巨大なゴミ箱に近づいた。大手チェーンのスーパーで、ゴミは毎夕刻、自社回収を行っている。狩はザックから取りだしたシート、衣服、ウレタンをゴミ箱に放りこみ、辺りをうかがう。人気はない。

素早くその場を離れて国道に出ると、まっすぐ駅方向へ向かう。歩いて十分ほどのところには、散策に適した低山やバーベキューに打ってつけの河原がある。狩はほくそ笑みながら、歩道を埋める人混みに紛れた。

四

上山雄次《かみやまゆうじ》は、打席に立ち、スタンスを取った。神経を集中し、無心でスイングする。だが、何かが狂っていた。ボールは大きくスライスし、飛距離もまったく伸びなかった。

上山は舌打ちをして、ゴルフクラブを左手に持ち替える。

どれだけ打っても、かつての感触が戻ってこない。いったい、何が悪いんだ。

二週間後の社内コンペまでに、何としてもスランプを脱出しなくては。

ボールを置き、再びスタンスを取った。気は焦り、無心とはほど遠い。肩と腕に力が入りすぎている。上山はスタンスを解いた。これで打ったところで、いい結果が生まれるはずもない。

上山の周りでは、中年の男たちが気持ちよさそうにボールを打っている。

首を傾げながら打席を出て、ベンチに腰を下ろした。一服したいところだが、このゴルフレンジも全面禁煙になって久しい。

大きく伸びをしてふと入口の方を見ると、女性が一人こちらに近づいてきた。紺色のスーツを着て、バッグを肩から提げている。ここには不似合いな恰好だ。

女性はプレイする男性陣をちらちらと見ながら、通路を進んでくる。そして、上山の前で止まった。

「上山雄次さんでしょうか。中津川不動産総務部秘書課の」

「ええ」

上山は腰を上げ、見知らぬ女性と向き合った。

上山が中津川不動産に入社したのは、四十年前、二十歳のときだった。販売部、営業部、企画部と渡り歩きながら、中津川不動産ひと筋に生きてきた。五十八のとき総務部に異動、社長であった中津川が相談役に退き、副社長の開田《かいだ》栄太郎《えいたろう》が昇格すると同時に、社長付きの秘書課長となった。定年後も嘱託で社に残り、多忙を極める開田社長の右腕として、走り回る毎日だ。

上山は、一度会った者の顔と名前は絶対に忘れない。また、たとえ初対面であっても、相手の所作、雰囲気で人となりを予測できるのが常だった。

だが、この女性からは何も読み取ることができない。初対面であることは間違いないが。

「失礼ですが、どちらさまでしょうか」

警戒心を緩めることなく、上山は尋ねた。

だが、女性は上山を見てはいなかった。ゴルフレンジの全景を眺め、眼鏡の奥の目を細めている。

「素晴らしい場所ですねぇ。設備も整っているし、駐車場も広い。こんなところで練習できたら、最高でしょうねぇ」

「ええ、私も気に入ってましてね。休みの日の午前中は、必ずここに来るんです」

とりあえず話を合わせながら、出方を見る。

「ええ、ご自宅をお訪ねして、こちらだとうかがったもので。どれくらいで回られるのですか」

「え?」

「スコアです」

「だいたい、八十三ですが」

俺はいったい、何を喋っているんだ。

上山は咳払いをすると、改めて尋ねた。

「失礼ですが、どちらさまでしょうか」

「あ！」

女性は慌ててバッグの中を探り始める。

「ええっと、今日は絶対に持ってきています」

旅行用の歯磨きセットが飛びだした。続いて、ケースに入った耳栓。

「申し訳ありません、ずっと泊まりこみで自宅に帰っていないものですから」

上山はそれとなく周囲に目をやった。警備員がいれば、呼びたいところだ。

「あった！」

女性が声をあげ、手帳のような黒いものをバッグから引っ張りだした。

「福家と申します。少々お話をうかがいたいのですが」

それは警察バッジだった。上山は中の写真と見比べる。間違いない、本人だ。

「それで、警察の方が何用です？」

「中津川氏についてなのですが」

「相談役が、何か？」

「所在が不明なのです。秘書課長のあなたならば、ご存じかと思いまして」

相談役の居場所が判らない？　ため息と共に、笑みが漏れた。

「やれやれ、またですか……。いや、これは失礼。相談役が雲隠れするのは、これが初めてではないものですから」

「と言いますと？」

「相談役の趣味は登山でしてね。休みともなると、ふらりと出かけるのですよ。我々にも行き先を告げずに。ですが、どうして警察の方が相談役のことを？」

「実は、中津川氏の秘書である高森陽子さんから相談を受けましてね。中津川氏から連絡がないので、心配しておられるようで」

上山は眉をひそめた。相談役と彼女の関係は、社内で暗黙の諒解事項となっている。

「しかし、大の男がですよ、一日、連絡が取れないからといって、騒ぐこともないでしょう。しかも捜査一課の刑事さんが出張ってくるなんて、にわかには信じられんことですな」

それに対し福家は、後頭部に手をやりながら、しきりと恐縮してみせる。

「ごもっともです。高森さんは捜索願を提出したいとのことでしたが、さすがに受理するわけにもいかず、ちょうど手の空いていた私が、お話を聞いて回っているというわけです」

「ほう。それはまた、ずいぶんと丁寧なことですな」

嫌味が通じたのかどうか、福家はぺこんと頭を下げた。

階級は警部補、所属は捜査一課とあったが、見る限りにおいて優秀とは思えない。だが、警察官を無下に追い返すわけにもいかないだろう。

「判りました。私で判ることであれば、お答えしましょう」

「恐れ入ります」

福家はバッグから表紙のすりきれた手帳をだし、ペンを構える。

「中津川氏ですが、普段はどういった山に登られているのでしょうか」

「山には詳しくないので、正直よく判らんのですが、東京近郊の、さほど高くない山に行かれているようです。日帰りか一泊二日くらいで」

「誰にも行き先を告げずに行かれるのですね」

「少なくとも社の人間にはおっしゃいません。相談役が登山を始められたころ、役員と揉めたことがありましてね。重要なポストに就いている者が危険な場所へ行くなどとんでもない、と。そんなことで趣味をあきらめる方ではありませんが」

「なるほど。それ以来、社には無断で行かれるようになったと」

「ええ。これまで怪我をされたことも、業務に支障が出たこともありません。役員会も黙認という形を取っております。それに、相談役になられてから、実務にはほとんどタッチしておられません。決裁などは社長や役員に任せてくれています。月に数回の役員会にも、委任状をだして欠席されることが続いておりました」

福家は手にしたボールペンを額に当てながら、「うーん」とうなった。

「すると、中津川氏の行方をご存じの方は……」

「高森陽子さんを除くと、ちょっと思い当たりませんな。自宅は当たったのでしょう?」

「はい。駐車場に車はありません」

「取引先も含め、可能性がありそうなところに連絡してみましょうか」

「そうしていただけると助かります」

やれやれ、せっかくの休日がパアだ。何とかスイングの勘だけでも取り戻したかったが。

「何か判りましたら、こちらにご連絡ください」

福家は名刺を差しだした。

「判りました。ですが、あまり期待せんでくださいよ。大方どこかの山に登って、温泉で一杯やっているんだと思いますね」

福家はにこりとして言った。

「何事もなければ、それが一番です」

「ええ……それはまあ」

「問題は腰だと思います」

「は？」

「スイングです。上半身に注意が向きすぎていて、腰が浮いています。腰を落とし、逆に上半身の力は抜いて、肩を落とすような気持ちで打てば良くなると思います」

そう言い置いて、福家はすたすたと離れていく。その姿がゲートの向こうに消えるまで見送った後、上山は反射的にクラブを手に取った。ボールを置き、打席に立つ。

肩を落とし、腰を浮かさないように……

思い描いていた通りのスイングができた。ボールは真っ直ぐ、弾丸のごとく飛んでいく。隣の打席にいた男が、その軌跡を追って「おお」と声をあげたくらいだ。

上山は腰に手を当てて、ゆっくりと回す。

これだ、この感覚だ。トップの座に返り咲くのも夢ではない。

新たなボールを置こうとして、上山は手を止める。その前に、総務部の面々に連絡だ。約束を果たさねばならない。あの刑事には借りができた。

五

狩義之はオフィスのソファでテレビに見入っていた。小柄な若い男が、女性アナウンサーのインタビューを受けている。真っ黒に日焼けし、頭にバンダナを巻いた青年は、白い歯を見せながら、好みの女性のタイプは？　といった問いに答えていく。

くだらない質問をするものだ。

狩は苦笑してリモコンに手を伸ばした。テレビを消し、立ち上がる。時計を見ると午後六時前を指している。倉雲岳からの帰路は、これといった問題もなく順調だった。もう少ししたら、シャワーを浴び、山での汚れを落とすとしよう。

狩のオフィスは、会員制スポーツジムPEAK SPORTSの六階にあった。一階から四階に各種トレーニング機材が揃い、目的に応じた運動ができる。地下に二十五メートルプール、五階には加圧トレーニング専用の機材があった。専門のトレーナーも、一般的なジムの倍は雇っており、希望すればマンツーマンの指導が受けられる。曜日ごとに男女の使用日を分け、営業時間は午前六時から午前零時まで。会社員を中心に、会員数は年々増加していた。

錦糸町《きんしちょう》に一号店をオープンして五年、今年は六本木に四店目を開く予定だ。

狩はデスクにつき、未決の箱に溜まった書類を処理し始めた。

六階はオフィスに割り当てられており、狩の部屋はその一番奥、元は物置として設計された場所にあった。小さな窓があるだけの殺風景な部屋だが、苦にはならなかった。

ここに来るのは、ひと月に数日だ。普段は講演や登山スクールなどに飛び回っている。経営は副社長以下のスタッフに任せていた。

スマートフォンに着信があった。秋人からだ。

「テレビを見たよ」

「ちゃんとこなしてただろう?」

「くだらん質問ばかりで、見ているのが苦痛だった。女性のタイプだと?」

「それがテレビなんだよ。もう慣れた」

「準備の方はどうだ?」

「ばっちりさ。今日は定期健康診断」

「来週からは忙しくなるぞ。記者会見、テレビCMの撮影もある」

「あんまり予定入れんなよ。準備どころじゃなくなっちまう」

「おまえの体はほぼ出来上がっている。あとは、本番まで維持するだけでいい」

「いや、まだまだだね。チャムガランガはそう簡単に登れる山じゃない。そのことを一番よく知っているのは、父さんだぜ」

「おまえなら大丈夫だよ。俺の場合は、運がなかっただけさ」

「迎えの車が来た。また連絡する」

通話が切れた。秋人は一日一回、どれほど忙しくとも電話をかけてくる。もうやめろと再三言っている狩であったが、内心では何よりの喜びとしていた。

いい息子に育ってくれた。俺の跡を継ぐだけじゃない。俺の逃した夢を叶えてくれる男になった。

デスクの上には、狩と秋人が並んだ写真がある。夏の谷川岳で撮ったものだ。顔はともかく、体つきは若いころの俺にそっくりだ。

秋人は俺のすべてだ。あいつのためなら何でもする。

狩は壁の写真パネルに目を移した。

青い空をバックに雪と氷に覆われた鋭いピークが天を衝く。チャムガランガ。狩の夢であり、ついに狩を拒絶し続けた山だ。

揺らめくような青白いピークの影に、中津川の顔が浮かんだ。狩は頭を振って幻影を払いのける。

受話器を取り、営業課長を呼びだした。課長は外回りに出ていると、事務の女性が応答した。

「PEAK全店の売り上げデータを持ってきてくれないか。先月分の集計が出ていたら、それも一緒に。プリントアウトしたものを頼む」

受話器を置くや、一階受付からの内線ランプがともった。

「社長にご面会の方がお見えです」

「アポはなかったはずだが」

「それが、警察の方なんです」

「警察?」

どういうことだ。連絡が来るのは、どんなに早くても月曜の午後と踏んでいたのに。

一瞬でモードが切り替わった。狩にとってビジネスは、スリルへの欲求を解消する手段だった。たとえ失敗しても、命まで取られるわけではない。退屈な日常にわざと波風をたて、生きている実感を摑むための空しい行為なのだ。

狩には山の緊張感が必要だった。常に変化する状況に対し、即断即決が求められる。失敗すれば、最悪の場合、命という代償を迫られる。

だからこそ、本気になれる。

いま、狩は沸き立つスリルの中にいた。氷に覆われた痩せた尾根を歩いているようだ。積雪期の斜面をトラバースしている緊張と恐怖に似た、内臓が締めつけられるような感覚だ。

「あの……社長?」

「お通ししてくれ」

もしかすると、警察の訪問はまったくの別件かもしれない。先走った思いこみは禁物だ。

扉がノックされた。

「どうぞ」

地味なスーツ姿の小柄な女性が入ってきた。事務員だろう。

そういえば、売り上げのデータを頼んだのだった。

「すまない、急な来客なんだ。ファイルはそこのキャビネットに入れておいてくれ」

「ファイルですか？」

「ああ。そこに入れてくれ」

「そこ？」

女性は戸口に立って、キョロキョロと室内を見回している。

狩は女性の顔を睨みつけた。新顔のようだが、まるで覇気が感じられない。

「君、名前は？」

「福家と申します」

「勤め始めて何年になる？」

「ええっと……」

指を折って数え始める。

「採用が二十二、いや、三だったかしら。そうすると、もう十年以上になります」

「十年⁉　君の顔を見るのは初めてだと思うが」

「はい。お会いするのは初めてです。ですが、私の方は存じ上げています。登山家としてご高名ですし、何より、そこの写真にあるチャムガランガでの救出劇には感動しました。まさに奇跡だったと思います」

奇跡か……。

狩が未踏峰チャムガランガに挑んだのは七年前。エベレスト登頂以来、次の目標として狙っていた山だ。

当時、初登頂に最も近いと言われていたのはアメリカ隊だった。彼らは準備段階で半年以上先行しており、日本隊の逆転は不可能と目されていた。

それでも、狩たちはあきらめなかった。予定を上回るペースで準備を進め、ベースキャンプ入りするころには、両者の差はわずかなものになっていた。

追われる者の焦りと、国の威信というプレッシャーが、アメリカ隊の歯車をどこかで狂わせたに違いない。ピークアタックを決行した彼らは、天候の変化を見誤り、アタック隊三名全員が、ピーク手前のコルで行動不能に陥った。

その二日後、狩たちはピークに向けて出発。アメリカ隊の三名は、既に絶望視されていた。だが、生きていたのだ。ピーク手前で三名を見つけた狩たちは、登頂を断念し、彼らを救助した。天候が崩れ始めるなか、大柄なアメリカ人を担ぎ、最終キャンプまで連れ帰ったのだ。

この救出劇は国内外で報道され、狩は一躍、時の人となった。

「奇跡、奇跡と持ち上げられるのが、私には不思議でならなかったよ。遭難者を見つければ、救助するのが当然だ」

「あなたは初登頂の栄誉を捨て、救助に当たられました」

「当たり前だろう。彼らを見捨ててピークを踏んだとしても、価値はない。もっとも、まさかあれが最後の遠征になるとは思ってもいなかったが」

「救助で膝を悪くされたのでしたね」

「そう。結局、現役を退くしかなかった。だが、後悔はしていないよ。膝もほぼ治ったし……」

そこまで言って、我に返った。

「ああ……とにかく来客があるので、もう出ていってくれないか」

だが、女は動く気配も見せない。

「さすがにお忙しいのですねぇ。お手間は取らせません。手短に済ませますから」

どういうつもりだ、この女。狩は立ち上がり、厳しい声をだした。

「いい加減にしたまえ。いったい、どういう教育を受けているんだね」

再びドアがノックされ、勤続五年の事務員が入ってきた。

「社長、遅くなって申し訳ありません。ファイルをお持ちしました」

「あら、お待ちかねのファイルですわ」

福家が素早く振り向いて伸ばした手に、事務の女性は反射的にファイルを渡した。

福家はそれを持ってデスクの前に立ち、狩に差しだした。

狩はファイルを受け取り、デスクに置く。事務の女性は怪訝な顔のまま戸口に佇んでいたが、雰囲気を察したのか、一礼して戻っていった。

ドアが閉まると同時に、福家は肩から提げたバッグに手を入れた。取りだしたのは警察バッジだ。

「警視庁捜査一課の福家と申します」

「いや、これは失礼した。刑事さんとは、思いもよらなくて」

「よく言われます」

「ところで、刑事さん、それも捜査一課の方が何のご用で?」

捜査一課ということは、中津川の遺体が発見されたということか。いや、発見されただけであれば、所轄の警察署で終わるはずだ。一課が出張ってくるということは――。

福家はバッジをしまうと、表紙のすりきれた手帳をだした。

「実は、中津川さんについてなのですが」

「あの人がどうかしたのか?」

「昨夜から、所在不明なのです」

「所在不明って……」

狩はデスク上のカレンダーに目をやり、

「たかが一晩のことだろう?」

「はい。ただ、連絡がつかないのは事実です」

「これは何かの冗談かな、刑事さん。中津川さんは、一代で町の不動産屋を業界第二位の企業に育て上げた。現役を退かれたとはいえ、たった一日連絡が取れないからって、大げさすぎやしませんか」

「何事もなければ、それでいいのです。訴えがあった以上、何もしないわけにもいきませんので」

なるほど。やはり高森陽子が、一人で騒ぎまくっているに違いない。

「誰の訴えか知らないが、私には時間の無駄としか思えないなぁ。自宅へは行ってみたのですか？」

「はい。外から確認しただけですが、在宅の気配はなく、自家用車がありません」

「ふむ。週末だし、出かけても不思議では……」

狩はふと気づいた風を装い、「どうして私のところへ？　中津川さんの行方を捜すのなら、会社関係者を当たる方が早いでしょう」

「既に秘書課の方からお話をうかがいました。金曜の予定を確認したところ、夜間に自宅であなたと面会の予定だったと」

どうやらこの刑事は、本気で中津川を捜す気らしい。高森陽子にねじこまれ、形だけの捜査をするだけかと思っていたが。

ならば、こちらも本気でかからねばなるまい。

「たしかに会ったよ。うちの新製品を見てもらいたかったのと、息子の遠征の件で報告があったのでね。私の会議が押してしまって、お会いしたのは十一時ごろになっていたか……」

「あ！」

突然、福家が壁の写真を指した。「狩秋人さんの未踏峰挑戦。再来月には出発でしたね」

「おや、遠征のことを知っているのか」

「当然です。チャムガランガ、親子二代の挑戦。発表があったときから注目しています。秋人さんのエベレスト登頂の中継も見ていましたわ。感動的でした」

「詳しいね。刑事さん、山をやっているのかね」

福家は首を大きく左右に振った。

「とんでもない。かじったことはありますが」

言い終わらぬうちに、部屋の隅に目を移して、

「最近、山へ行かれたのですか？」

「何？」

「そこに登山靴が干してありますね。油の匂いで、すぐ判りました」

狩の許可も求めず、福家は壁際に置いてあった靴に近づいていく。

「あぁ、刑事さん」

狩は素早く、行く手を塞いだ。「油を塗ったばかりでね、さわると手が汚れる」

福家は目をパチパチさせながら、狩の顔と靴とを交互に見やる。

「あの登山靴、私も持っていました。私、扁平足の気があるのですが、中敷きを調整してくれるので、実に具合がよかったのです。手入れが少々面倒ですが、長く使える名品だと思います」

福家と向き合って立ち、狩は言った。

「手入れも楽しいものだよ。山での出来事を思い返しながら、時間をかけてメンテナンスをするんだ。登山家にとって靴は生命線でもあるし……」

「それで、どこの山へ行かれたのです?」

「え?」

「あの靴を履いて、どちらの山へ?」

狩は福家から目をそらした。

「いや、登りに行ったわけではないんだ。最近、山から遠ざかっていてね。久しぶりに靴をだして、油を塗っていたのさ」

その説明に納得したのか、福家は小さくうなずくと、デスクの前に戻った。狩も椅子に坐る。

「それで、何の話をしていたんだったか」

「ええっと……」

福家は手帳のページをめくる。「あなたは金曜の夜、中津川氏を……」

「ああ、そうだった。十一時過ぎに訪ねて話をした。家にいたのは三十分ほどだったと思う」

「そのとき、中津川氏は何かおっしゃっていませんでしたか。週末の予定とか」

狩は首を振る。

「特に聞いていないな。上機嫌でね。息子の遠征を楽しみにしていると言ってくれた」

「そうですか」

「わざわざ来てくれたのに、力になれず申し訳ない」

「いえ、そんなことはありません」

「やはり取り越し苦労だと思うね。ご承知だと思うが、中津川さんは登山を趣味にされていてね」

「はい。パーティで秋人さんと知り合ったのがきっかけだとか」

「そうなんだ。秋人の後援をしてくれてね。その影響か、山に登るようになった」

福家は懸命にメモを取っている。

「ただ、何事にもワンマンでね。山にも一人で出かける。どこに登るなどの情報も明かさない。正直、問題のある登り方だった。少なくとも、計画書くらいはだすべきだ。何度も進言したのだが、聞き入れてもらえなかった」

福家はペンで手帳の表紙をコツコツ叩きながら言った。

「つまり、中津川氏はどこかの山に入られているとお考えですか」

「その可能性は高いと思う。心配は心配だが、この季節、雪のついている高山に行ったとは思えない。せいぜい一泊くらいの低山だろう。金曜の夜に出発したとすれば、ちょうどいまごろ下山してくる計算だ。どうだろう、少し待ってみるというのは」

福家は手帳とペンをバッグに入れ、うなずいた。

「ええ。もっともなご意見だと思います」

狩は肩の力を抜き、先ほどのファイルを開こうとした。だが、福家はデスクの前を動かない。

「まだ何か？」

「昨夜、中津川氏宅を訪ねられたとき、行き先のヒントになるものはなかったでしょうか。山に入られるなら、準備をしていたと思うのですが」

「さあ。リビングに通してもらったが、気づいたことはないな」

「例えば、地図やガイドブックが置いてあったとか」

狩は眉間に皺を寄せ、

「しつこいな。気づいたことはないと言っているだろう」

「では最後に一つだけ。昨日の会合は、中津川氏の方から？」

「いや、私が連絡した。お忙しい方だからね、中津川さんから連絡があることは滅多にない。私の方から、秘書を通してアポを取るんだ。昨夜は私の都合で時間に遅れてしまい、平身低頭だった。だが、苦言めいたこともなく、笑って許してくれた。器の大きな人だよ」

「判りました。お手間を取らせました」

福家はぺこんと頭を下げると、戸口に向かった。ドアを開け、足を止める。

狩は彼女の背中を見つめた。いったい、何のつもりなのか。

「刑事さん、まだ何か？」

福家はこちらに背を向けたまま、「いえ」と言い、ドアの向こうに消えた。

狩は持っていたファイルを放りだし、頭の後ろで手を組んだ。

このタイミングで警察が、しかも捜査一課の刑事が来るなど、まさに予想外だった。だが、大きなへまはしていないはずだ。

様々な可能性を予想し、対応策を検討する。

計画通りに進む計画など、存在しない。

自然と笑みがわいてきた。

そうでなくては、面白くないではないか。

六

切り立った崖を見上げながら、二岡友成《におかともなり》は足の震えを止めることができなかった。小石交じりの急斜面が、はるか上まで続いている。

空は厚い雲に覆われ、霧のような雨が音もなく周囲を煙らせている。

雨の中、あんなところを下りてきたなんて、信じられない。

二岡がいるのは、長年にわたる浸蝕と風雨による崩落でできた沢の底である。百メートルほど上方にある登山ルートは、張りだした岩などに邪魔され、まったく見ることができない。地元消防団が斜面に張ったザイルが風に揺れている。消防団や山岳会の面々は、あれを使ってここまで下りたのだ。

二岡も挑戦しようと崖の縁に立ったものの、目もくらむ高さに一瞬で戦意を喪失した。結局、上手側の斜面に残る、かつて登山道だった荒れ道をたどり、二時間近くかけて下りてきた。濡れた土に足を取られ、しなる枝に頬を叩かれ、二岡は満身創痍である。

何だって僕がこんな目に遭わなくちゃならないんだ。

倉雲岳で男性の滑落死体が発見されたのは、月曜日の午前九時半だった。一報は、勤務に就いたばかりの二岡にも届いた。滑落死は変死扱いなので、検視が必要となる。だが、事件性の薄い現場に二岡が呼ばれることは稀だ。地元の医師が呼ばれて検視を行い、ヘリ等で遺体を病院に運ぶ。警察としての仕事は、所轄に任せておけばいい――大きく伸びをしたところに、臨場の命令が下った。

遺体は、二岡の目の前にある。これだけの高さを落ちたのだ。全身の骨が砕け、悲惨な状態だった。一番上に着ていた赤いウェアは袖がちぎれ飛び、左右のポケット部分にもざっくりと切れこみができていた。登山用ズボンも、右半分がズタズタに裂けてめくれ上がり、ヒラヒラと風に揺れている。

ザックなどの持ち物は広範囲に散らばっており、いまだ回収しきれていない。

二岡が見たところ、事件の臭いは感じられなかった。

どう考えても単純な滑落事故だ。自分がここに呼ばれたのは、何らかの連絡ミスが原因に違いない。いま二岡の頭を占めているのは、いかにして登山ルートまで無事に戻るかだった。荒れ道を数時間かけて登り返すか、誰かの助けを借り、ザイルで崖を登るか。

高いところは苦手なんだよなぁ。

ふと顔を上げると、上方から一人、崖を下りてくるところだった。赤いレインウェアに、黄色いヘルメットをかぶっている。ハーネスをつけた小柄な人物が、するすると軽快に下降を始めた。高所に怯んだ様子もない。そぼ降る雨をものともせず、危なげない足取りで下降を終える。

ロープを外し、フードを取ったその人物を見て、二岡は声をあげた。

「福家……警部補⁉」

「二岡君、お疲れさま」

俯せに倒れた遺体の脇にしゃがみこむ。

「写真はもう撮った？」

「は、はい。でも、あの、警部補……」

「遺体の運搬はどうなっているのかしら。ヘリの手配はしてくれた？」

「僕はそこまで把握していないのです。山岳会の人が……」

二岡の言葉を聞いているのかいないのか、福家は恨めしそうに空を見上げる。

「この天気では、すぐには無理そうね。あ、二岡君、被害者のザックはあったの?」

「いえ、捜索中です。見つかったのは、被害者のものと思われるあれだけです」

二岡は岩に立てかけてある杖を指した。福家は眼鏡についた雨滴を拭いながら、しげしげと杖を見る。

「トレッキングポールね。どこにあったの?」

「遺体から十メートルほど離れたところにありました。折れてはいないし、傷もほとんどついていません。奇跡的ですよ」

「奇跡なら、中津川さんに起きてほしかったわ」

福家は悲しげな目で、遺体を見下ろす。

「警部補、どうしてこんなところにいらしたんです? 状況はどう見ても事故ですし、一課に出動要請がかかる案件とは思えないのですが」

「ちょっと事情があってね」

「警部補は『ギヤマンの鐘』事件の……」

「あれは解決したの。捜査本部も解散したわ」

「聞くところによると、ずっと徹夜だったとか」

「そうねぇ。この一週間、一度も家に帰っていないわ。最後に寝たのはいつだったかしら」

福家は再び、遺体の脇にしゃがむ。

「亡くなって、どれくらいたっているの？」

「さあ……。いまのところ情報が少ないですし、雨にも打たれていますので、正確に割りだすのは難しいかもしれません」

「遺体の発見者は？」

「地元の山岳会の人です」

「そう。話を聞いてみたいわ」

「だったらあの崖を登らなくちゃなりませんよ」

「あの程度の崖、簡単よ」

歩きだそうとして、福家は足を止める。

「ザックが見つかったら、教えてくれるかしら。もしかすると、崖の中途に引っかかっているのかも。あ、警察官以外はなるべく手を触れないよう手配して。ポールもそう。遺体も徹底的に調べてね」

「ですが警部補……」

「いつもと同じ要領でお願い」

福家はそう言い置くと、崖に張られたロープの方へ向かう。

その後ろ姿を見ながら、二岡はつぶやく。

「いつもと同じ要領って、つまり殺人事件のつもりでやれってこと？」

七

黒柳《くろやなぎ》茂《しげる》は、倉雲崩落痕を見下ろしながらレインウェアの襟をたてた。年のせいか、年々寒さがこたえるようになっている。気温は七度くらいか。雨に打たれ、体の芯から冷えきっている。こんなとき、ただ立っているのは余計に辛い。

黒柳は今年六十一歳。地元山岳会のリーダーを務めて二十年になる。もう潮時を迎えていた。引退し、山から離れた生活を送ろうか。三十五年連れ添った妻にも、そろそろ楽をさせてやりたい。夫が山に入っている間はそれなりに気を揉むであろうし、緊急連絡は昼夜の別なくやってくる。装備品の点検などは、極力、自分でやるようにしているが、出動が重なるときは、どうしても任せてしまう。留守中に各所へ連絡するのも、妻の役割だ。

山岳会がしっかり機能していれば、随分違うんだがな。

黒柳が所属する山岳会は、会員の減少と高齢化に悩んでいた。世間では登山ブームと言うけれど、現実はお寒いものだ。登山者のほとんどは中高年で、山岳会などの組織に属し本格的な登山を続けたいと思う者は少数である。特に倉雲岳一帯は、初心者向きの低山が多く、都心からのアクセスもいい。山の登り方もルールも知らぬ者が大挙してやってきては、慌ただしく去っていく。

この何年かで、山も荒れちまったな。

ゴミや踏み跡の拡大による植物の減少など、倉雲岳を取り巻く問題は年々深刻さを増している。

その上、これだよ。

黒柳は崖下に目を転じる。山開きも済まないシーズン早々から、滑落死だ。

まったく、やりきれないねぇ……。

だが、今回のことはいいきっかけかもしれない。やはり、代表を降りよう。山岳会の後継者がいないのは残念だが、そこまでする義理もない。妻は喜んでくれるだろう。

「あのぅ……」

背後から突然呼びかけられ、黒柳は飛び上がった。

「びっくりさせてしまいましたか。申し訳ありません」

立っていたのは、赤いレインウェアを着た小柄な女性だった。フードをすっぽりとかぶり、顔の部分だけだしている。眼鏡の右側が、雨滴と水蒸気で曇っていた。

山岳会の面々や所轄警察署の警官の顔は、ほぼ全員覚えている。初めて見る女性だ。

そういえば、今日の現場は妙に臨場した人数が多かったな。知らない顔が何人もいた。

「あなた、どなたさん？　山岳会の人？」

「いえ、違います」

だとすれば、下山途中の登山者か。

「ちょっとした事故がありましてね。ルートに問題はありませんので、このまま下っていただいて構いません。お気をつけて」

黒柳は身を引いて道を空けた。だが、女性は進もうとしない。

「いえ、登山者でもないのです」

じゃあ、いったい何なんだ。苛立ちを覚え始めた黒柳の眼前に、黒い手帳のようなものが突きだされた。

「私、警察の者です」

「警察？　あなた、警察官なの？」

「はい。福家と申します。いま、下で遺体を確認してきました」

そういえば、さっき見事なロープワークで崖を下りていった者がいたな。

黒柳は改めて目の前に立つ小柄な女性を見つめた。唇の色がやや薄くなっている以外、疲労の跡は見られない。この寒さも平気らしい。

「えっと、何の用かな。福家……さん、地域課、それとも交通課？」

「いえ、捜査一課です」

「聞き慣れない部署だな。何をするところ？」

「殺人を捜査するところです」

「ああ、殺人ね……殺人⁉」

「遺体はあなたが発見されたとか」

「ちょっと待ってくれ。だって、これは事故だろう? 滑落事故」

「状況を見る限りはそうなのですが、少々事情がありまして」

「いやしかし、この山で人殺しなんて……。じゃあ、あの人は突き落とされたってこと?」

「なにぶん情報が不足していまして、目下調査中です。判る範囲で、捜索状況から遺体発見までの流れを教えていただけませんか」

「警察から連絡があったのは、日曜日、つまり昨日の夕方だった。手配の車が入山口の駐車場に駐まっているってね。倉雲岳で遭難した可能性もあるから、捜索隊をだしたい。ついては協力してくれないかって。もう日没が近かったから、捜索は日が昇ってからってことで、そのときは電話を切った」

「捜索開始は何時だったのでしょう?」

「今朝、午前三時過ぎにはみんな麓に集まっていたな。この時季、四時半になれば見通しが利くようになるんだが、天候が悪くて足止めを食った。山に入ったのは四時四十五分だ」

「崖を下りてみようと思われたのはなぜですか」

「倉雲で遭難なんて滅多に起きないが、もし起きたとすれば、捜すべき場所は絞られる。一つは、標高一〇一〇メートルの、尾根を分ける地点だ。誤って隣の尾根に分け入る登山者がいるんだ。地図を頭に入れておけば、迷うところではないのだがな。そしてもう一つが倉雲崩落痕だ。そこでまず、倉雲小屋の管理人に電話した。被害者と思しき人物を見ていないか、きくために」

福家はそぼ降る雨の中、レインウェアのポケットからビニール袋に包まれた手帳を取りだす。手袋を外し、苦労してページをめくる。

「えーっと、あった！　小屋の管理人、木曾太郎《きそたろう》さん。シーズン前ですが、週末は小屋に入っておられるとか」

「そう。それで服装や年恰好を伝えたのさ。そしたら、土曜日の午前中、それらしい姿を見たと言うんだ。ピークを踏んで、登頂記念のカードにスタンプを押しているところを」

「なるほど。ピークを踏んだわけですから、尾根に迷いこんだわけではない」

「そう。迷いこむのは、たいてい登っているときだからね。となると、残る可能性は倉雲崩落痕からの滑落だ。山岳会の若手と協力してロープを張り、下まで行った」

黒柳は言葉を切り、谷底で見た凄惨な光景を思いだす。男が死んでいることは、ひと目で判った。全身の骨が砕けていたし、何より頭部の傷がひどかった。滑落する際、岩に当たったのだろう。

「すぐ警察に通報し、自分はルートに戻った」

「そのとき被害者のザックを見ませんでしたか」

「記憶にない。落下途中に外れ、どこかに引っかかっているのではないかな。崖といってもすっぱり切り立っているわけじゃない。岩のくぼみにはまりこんでいる可能性も……」

黒柳の携帯が鳴った。

「この一帯も、つい先ごろまでは圏外だったんだ。いまはルート上のどこでもアンテナが立つ。工事をしたわけでもないのに、わけが判らんよ」

かけてきたのは、崖下にいる山岳会の若手だった。ザックを見つけたという。

黒柳は通話を切り、得た情報を福家に伝えた。

「思った通り、崖の途中に引っかかっていたらしい。いま回収しているそうだ」

福家は崖下に目をやる。

「まさか、もう一度、下りるつもりじゃないだろうね」

「下りたいのは山々ですが、他にしなければならないこともありますので」

「そう」

黒柳は首にかけたタオルで、雨に濡れた顔を拭った。「何ともやりきれないな。最後の捜索が殺人とは」

歩きだそうとしていた福家が、足を止めた。

「最後とおっしゃいますと?」

「そろそろ山を離れようかと思ってね」

「あら、それは残念です」

「年も年だしね。妻のことを考えても、ここらが潮時だと思うんだ。実際、大して役にもたてたてねえし」

「それは違うと思います」

福家が向き直って言った。「遺体を発見したのは、あなたです。あなたの指示がなければ、発見はもっと遅れていたでしょう」

「大した違いはないさ。どうせ間に合わなかったんだし」

「いいえ、大違いだと思います。残された者にとって、この時間には大きな意味がありま
す」

「そうかねぇ」

「それと、奥様は、あなたが山をやめることを本当に望んでおられるのでしょうか」

「何を言いだすんだ、あんた。かみさんに会ったこともないのに」

「そのウェア、肩口の破れた部分が丁寧に縫われています。ズボンの膝には継ぎが当たって
います。軍手はおろしたて、靴紐も綺麗に泥が落としてあります。あなたご自身でやられた
ことですか?」

ズボンについては知っていたが、ウェアの肩のことは言われて初めて気がついた。軍手、
靴紐のことなど、改めて考えたこともない。

福家はこちらの表情を見て、にこりと笑った。

「一度、奥様にきいてみてはいかがですか。山はまだ、あなたを必要としていますわ」

ぺこりとお辞儀をすると、福家はすたすたとルートを下っていった。

一人残された黒柳は、衝動的に携帯電話を手に取った。自宅にかける。

「いや、俺は大丈夫だ。ちょっとききたいことがあってな。例の、山をやめる話だけど
……」

妻の怒鳴り声が、電話口から響いてきた。

「何かと思えば。誰があんなこと本気にするもんですか。隠居には、まだ早いんじゃありません？　いま、あちこちから電話が入っているんです。忙しいから切りますよ」

通話は切れた。自然と笑みが漏れた。

気配に目を上げると、六十代とおぼしき男女の二人組が上がってきた。レインウェアは着ておらず、長袖のシャツ姿で、全身冷えきっている様子だ。

黒柳はルート上に立ち、二人に呼びかけた。

「ちょっとお待ちください。雨合羽はお持ちですかな？」

二人は不審げに黒柳を見る。

「私は山岳会の黒柳と申します。この先で事故がありました。もう少しで通れるようになります」

男性の方が言った。

「事故って、じゃあ、頂上まで行けないの？」

「いや、大丈夫です。ただ、その恰好では危険です。上に行くと風も出てきますから。合羽はお持ちですか？」

「ええ。樹林歩きだから着てないんだけど」

「ここで着てもらえますか。それと、女性の方、靴紐が切れかかっています。スペアはお持ちですか。持ってきている？　ああ、それはいい。最近は軽装で登る人が多いものですからね。いまのうちに紐を替えてしまいましょうか」

膝の痛みも、雨風による冷えも、消し飛んでいた。もうしばらく、山にしがみつくのも悪くない。

八

オフィスの坐り慣れた椅子に身を沈めながら、狩は受話器を置いた。

安堵のため息と共に、ほんの一瞬だけ全身の緊張を解く。

倉雲岳で中津川の遺体が見つかったと、たったいま中津川不動産の秘書課長が知らせてきたのだ。

高森陽子が騒ぎたて、刑事がやってくるというハプニングはあったが、結局、遺体はほぼ予定通り、月曜午前中の発見となった。

さて、これから忙しくなる。

早速、一階受付から内線電話があった。受話器に手をのばそうとしたとき、ドアが勢いよく開いた。

蒼い顔をした秋人だった。襟の汚れたシャツに、皺の寄ったパンツという出で立ちだ。

「秋人、何だその恰好は。人前に出るときは、きちんとした服装をしろと……」

「中津川さんが亡くなったって、本当なの？」

狩は唇を噛み、悔しげな表情を作ってみせた。

「ああ。残念ながら」

「どうして？　どうしてこんなことに……」

「山では何が起きるか判らん。それはおまえも判っているはずだ」

「そりゃそうだけど、それは理屈で……くそっ。ああ、どうしよう。僕のせいだ。僕が中津川さんを……」

狩は思わず秋人の肩を摑んだ。

「馬鹿なことを言うな！　たしかに、中津川さんに山を勧めたのはおまえだ。だが、今回の件はおまえのせいじゃない。山での行動は自己責任だ」

「でも……」

秋人の目が潤んでいる。狩は手を離すと、ドアを閉めた。

「彼の死を悲しむのはいい。だが忘れるな、おまえは注目されているんだ。マスコミの前で、女々しく泣いたりするな。中津川さんは山で亡くなった。その事実を、冷静に受け止めねばならない。絶対に取り乱すな。おまえは未踏峰に挑む登山家なんだ。それを忘れるなよ」

背丈は狩とほぼ同じ、男としては小柄な方だが、肩には鎧のような筋肉がつき、日に焼けて浅黒くなった顔は精悍で引き締まっている。

「こんなことになって……遠征はどうなる？」

「むろん予定通りだ」

「でも、中津川さんはスポンサーを降りるつもりだったんだろう？」

狩は少なからず、衝撃を受けた。

「おまえ、どうしてそのことを？」

「少し前に中津川さんから聞いた」

「何てことだ。どうして俺に報告しなかった？」

「口止めされたから。……中津川さん、今回の遠征計画に不満があるみたいだった」

「スポンサーを継続するかどうかは、中津川さん一人で決められることではないんだ。他の役員の意見も反映される。今朝の役員会で、スポンサー継続が決定された。だから、遠征は予定通りだ」

秋人は少し落ち着いたようだ。顔に血の気が戻ってきている。

「僕も山に行っていいかな」

「何？」

「倉雲岳だよ」

「おまえが行けば騒ぎが大きくなる。あとのことは俺に任せておけ。いいな」

秋人がうなずくのを待ち、言った。

「つらいだろうが、ここは耐えるんだ。オフにしてもいい。ただし、一人では外出するな。事務局の誰かについてもらった方がいい」

「判った。オフにはしない。いつも通り、トレーニングをする」

「よし。それなら、それでいい」

「父さんは、これからどうするの?」

「現地へ行く。何もしないわけにはいかないからな」

秋人は小さく顎を引くと、部屋を出ていった。目は沈んでいるが、気力まで失ったわけではない。二、三日もすれば元に戻るだろう。

狩はジャケットをはおり、車のキーを取った。


入山口の駐車場までは慣れた道だ。途中、警官の姿もなく、山はいつもと変わらぬ静かなたたずまいを見せていた。雨はやんでいたが、路面にはところどころ水たまりがある。空はいまだ厚い雲に覆われていた。

狩は鼻歌を歌いながら、ハンドルを切る。やがて駐車場の入口が見えてきたが、一台も駐まっていない。警察車輛が一台もないとはどうしたわけだ?

登山道付近には、捜索に当たったと思われる一団がいる。こちらに目を向ける者もいたが、誰も狩とは気づいていないようだ。

遺体の搬出は、もう済んだのだろうか。

駐車場に目を戻したとき、見覚えのある人影が視界に飛びこんできた。

あの奇妙な女刑事だ。泥汚れのこびりついた赤いレインウェアを着ていた。両手を前に突きだし、車の前に立ちはだかっている。アクセルにかけた足を慌てて離し、ブレーキを踏む。

狩はウインドウを開け、顔をだした。

「危ないなぁ、刑事さん。轢くところだったよ」

「申し訳ありません」

福家は運転席側に回り、狩と目を合わせた。

「会社に連絡したら、こちらに向かっておられるということでしたので……」

「私を待っていたのかね？」

「はい。うかがいたいことがありまして」

狩は眉を寄せる。

「私は、中津川さんのことを案じて来たのだよ。遺体はどうなっているのかね」

「天候が回復してきましたので、間もなく搬送作業を始める予定です」

「中津川さんであることは間違いないのだね？」

「ええ。残念ながら」

「何ということだ……」

「ひとまず車を駐めていただけますか。中津川さんの車を移動させたばかりなので、そこに。他のスペースはまだ調べが終わっていないのです」

「判った」

「お願いします」

狩はいったん上げたサイドブレーキのレバーを下げる。

「それで、どこに駐めればいいのかな。中津川さんの車がどこにあったか、私は知らないのでね」

福家はきょとんとして狩の顔を見つめたが、やがて、ぽんと手を打ち鳴らし、

「失礼しました。一番奥のスペースにどうぞ」

苛立ちも手伝い、車を頭から突っこむ形で駐めた。

デイパックを肩にかけ外に出ると、ひんやりとした澄んだ空気に包まれた。山域はガスに覆われ、展望はまったくない。倉雲岳の姿も見ることはできなかった。

「晴れている日は、ここから雄大な倉雲岳が見られるのですが」

いつの間に来たのか、福家が横に立ってガスの壁を見上げていた。

「そうだな。私もここからの眺めは好きだ。決して面白い山ではないが、人を惹きつける力がある。リピーターが多いのも、そのせいだろうねぇ」

「私も二度、登ったことがあります」

「私の目に狂いはなかったな。刑事さんはかなり山の経験がおありだ」

「とんでもない。本当にハイキング程度です」

狩は眉根を寄せ、腕を組んだ。

「中津川さんは倉雲崩落痕に落ちたと聞いたが」

「はい。検証はまだですが、おそらく足を滑らせて転落したのではないかと」

狩は大きくため息をついた。

「だから、単独行は控えるように言ったんだ。正直、中津川さんには山をなめる傾向があった。体力に自信があったからだろうが、私からすると危なっかしくてね」

「本当に残念ですわ」

「いや、実を言うと、私も責任を感じているんだ。一昨日、君が訪ねてきたとき、私は取り合おうともしなかった。あのときちんと対応していたら、状況は変わっていたかもしれない」

福家は小さく首を振った。

「どちらにせよ、今回のことは防げなかったと思います」

「そうかもしれないが、私の気持ちがね」

狩は歩き始めた。

「あの、どちらへ?」

「決まってるだろう、登るのさ。中津川さんが亡くなった場所まで」

「その前に少々お話をうかがいたいのですが」

福家が後を追ってきた。狩はわざと歩く速度を上げた。

「下りてくるまで待っていてくれ。それとも、登りながら話そうか?」

大人しく下で待っているんだな。ここへ来たのは、あくまでもパフォーマンスだ。下りてくるころには、マスコミが集まっているはずだ。そこで秋人の挑戦をさらにアピールする。

「では、登りながら、お願いします」

背後で声がした。驚いて振り返ると、福家がぴたりとついてきている。

狩は足を止めることなく言った。

「登りながら？　本気かね。私は速いよ」

「ペースはお任せしますわ」

口の減らない女だ。後悔させてやる。

狩はギアをトップに入れ、山道を登り始めた。闇夜でも迷うことなく進めるほど慣れた道だ。まして、今日は荷物がほとんどなく、邪魔な杖もない。倉雲崩落痕まで一気に駆け上がるつもりだった。

「中津川氏の足取りですが……」

背後で、鈴を鳴らすような声がした。思わず立ち止まり、振り返った。福家が一メートルほどの間隔でついてくる。空身《からみ》とはいえ、息を乱した様子もなく、汗一つかいていない。

「何だって？」

平静を装いつつ、腰に手を当て、聞き返す。

「中津川氏は金曜の深夜、自家用車を運転して自宅を出たと思われます。そしてここに車を駐めて仮眠を取った後、午前七時十分、登山道に入られた」

「登山道に入った時間が、やけにはっきりしているじゃないか」

「目撃者がいました。始発のバスに乗ってきた登山客が、山に入ろうとする中津川氏を見ているのです」

「なるほど。それで？」

「中津川氏は、何度か倉雲岳に登った経験があるのでしょうか」

「あるよ。私と一緒に登ったこともある。その前にも一度、山仲間と登ったと聞いている」

「いつも車で？」

「私と登ったときは車だった」

「運転はどちらが？」

「私がした」

「その前、山のお仲間と登られたときは？」

「さあ、詳しくは知らないが、電車とバスを使ったと思うね」

「すると、ご自分で運転してここにいらしたのは、今回が初めてでしょうか」

「そういうことになるかな。だが、中津川さんの運転はたしかなものだったよ。一人で遠出もされていた」

「いえ、そういう意味ではないのです。実は、カーナビゲーションがオフになっていましてね」

「何？」

「ご存じないかもしれませんが、中津川氏の車には、最新のナビゲーションが搭載されていました。頻繁に使われていたようです」

狩自身はカーナビをほとんど使わない。地図を見れば一発で頭に入ってしまうからだ。金曜の夜も、ついカーナビのことを見落としてしまった。

「車を降りる際、オフにしたのでは？」

「履歴を確認したのですが、ここまで使った記録はありません。ご自分で運転されるのは初めての道で、なぜ機械をオフにしていたのでしょうか」

「さて、私はカーナビを使わないのでよく判らないが……中津川さんの自宅からここまで、距離はあるが道そのものはややこしくない。深夜で渋滞もなかっただろうし、あえて使わなかったのかもしれない。彼はせっかちでね、渋滞を何より嫌ったのだ。カーナビをつけていたのも、道順を確認するというより、渋滞などの交通情報を知りたかったからではないかな」

「なるほど」

福家は素直にうなずいた。

「刑事さん、悪いが先に進んでも構わないかな」

「あ！　これは失礼しました。どうぞどうぞ。私は自分のペースでついていきますので」

狩は歩を進めながら言った。

「そうまでして、私にききたいことが？」

「はい。詳しいことは、上に行ってから」

「では、私の方からきいてもいいかね」

「はい、どうぞ」

「簡単で構わない、遺体発見までの経緯を聞かせてほしい。この後、マスコミに囲まれる可能性があるのでね」

その問いを予想していたのか、福家の口から、すらすらと答えが出てきた。

「日曜、つまり昨日の夕刻、たまたまドライブに来た消防団の一人が、入山口駐車場に駐めたままになっている車に気づきました。彼は土曜日にも家族を連れ、駐車場から倉雲岳に登っていました。ですから、何となく不審に思ったそうです」

「なるほど。それで問い合わせたら……」

「はい、中津川氏の車と判明しました。もう日没近かったため、今朝早くから捜索を開始。倉雲崩落痕で遺体が見つかったというわけです」

狩は緩やかな斜面を、ジョギングするくらいの速度で上がっていく。額にじわりと汗が滲んできたが、呼吸はまだまだ楽だった。福家は、先ほどとまったく同じ間隔でついてくる。小石や木の根にけつまずくことも、湿った赤土に足を取られることもない。さらに、この速度で話しながら登っているというのに、息が上がった様子もない。ひたひたと迫る気配に、狩の方が煽《あお》られてしまう。

倉雲崩落痕まで、あと十分ほどか。彼女を振り切るのは無理そうだ。

「中津川さんがいつ滑落したか、判っているのかな？」

「現在判っている範囲では、ピークを踏んだ後、下山途中に滑落したものと思われます。ピークから戻ってくる姿を、小屋のご主人が目撃していますし、登頂記念のカードがザックに入っていましたので」

「そうか。下山時こそ注意するよう、言っていたんだがな……」

「本当に残念です」

「中津川さんは、私、いや私たち親子の恩人でね。特に、息子の秋人がいまあるのは、彼のおかげといっても過言ではない。私は学生時代から山をやっている。いままでに先輩や友人を何人も山で亡くしたよ。だが、これほど辛いのは初めてだ」

「お察しします」

鬱蒼としていた樹林の合間から、どんよりとした空がのぞくようになってきた。目的地は近い。

狩は用意していた問いをぶつけた。

「これは念のためにきくのだが、中津川さんの死は事故なんだろう？」

答えはすぐには返ってこなかった。狩は前を向いたまま、重ねてきいた。

「どうなんだ？」

「状況を見る限り、事故のようです」

「ようです？　はっきりしない言い方だな。そもそも、君は捜査一課の人間だろう？　管轄違いの人間が、なぜ滑落事故の現場で指揮を執っているんだ？」

「そこは成り行きといいますか、何と申しましょうか」

ふいに視界が開け、切り立った崖が目の前に広がった。ルート上には数名の消防団員が立ち、崖を見下ろしていた。視線の先、南側の斜面を通るジグザグの脇道を、やはり数人の男が登ってくる。服装から見て、警察の鑑識のようだ。

狩は福家に言った。

「ここで黙禱《もくとう》しても構わないかね？」

「ええ、それはもちろん」

福家は神妙にうなずく。狩は直立の姿勢を取り、目を閉じた。頭の中で三十秒数える。目を開くと、元の場所に福家はいなかった。ルートをひょいひょいと進み、最も崩落の進んだ場所に向かっている。

左側斜面の岩盤には、手すり代わりに使う鎖がボルトで留めてある。福家はその前で立ち止まり、こちらを振り仰いだ。

こちらに来いということか。無視して下山したい心境だったが、そうはできないことを福家も判っているようだ。狩は崖下に目をやりながら、ゆっくりと歩きだした。深く切り立った崖下の様子は、まったく見えない。引き上げにはヘリを使うのだろうか。それとも担架で上げるのだろうか。

福家は鎖を見つめながら、狩を待っていた。崖下から吹き上げてくる風で髪が乱れ、それを直そうとして指に眼鏡を引っかけている。危ういところで眼鏡を受け止めた福家は、レンズをウェアのポケットからだしたタオルで拭い、そっとかけ直した。

狩は彼女の前に立つ。

「なかなかの高度感だ。初心者には少々、酷かもしれないね」

「ええ。ガイドブックなどでは初心者向けとなっていますが、ここを知らずに来た登山者は、一様に驚くそうです」

「歩き方さえしっかりしていれば、鎖もついていることだし、問題はないだろう。だが、近ごろは常識をわきまえない登山者が増えている。昨今の富士山の問題を、君は知っているかね?」

「むろんです。サンダルやハイヒールで登ろうとする人もいるとか」

「君、海外の山に行ったことは?」

「いいえ。山登りは得手ではありませんので」

狩は苦笑する。

「能ある鷹は爪を隠す、かね。私に対してそんなことをしても無駄だよ。まあいい。いま富士山で起きていることは、将来、至るところで起きると思う。実際、エベレスト登山でも似たような問題が起きている。金さえ積めばピークに立てると吹聴する旅行会社もあるようでね」

「狩さんはエベレストの頂に立たれたのですね」

「はるか昔のことさ」

「マッキンリー、キリマンジャロ、七大陸の最高峰も制覇されたのですから、やはり……」

「待ってくれ。ここで私の経歴を披瀝しても意味はないだろう。用があるのなら、早く言ってくれないか」

天候は回復傾向にあり、雲の合間から青空が顔をだしている。風も収まってきた。それでも、長く降った雨で地盤は緩んでいるようだ。鎖が設置されている岩盤にも、上部から落ちてきたと思われる泥がこびりついていた。

福家がウェアのポケットから、ビニールパックされたスマートフォンを取りだした。ビニールは防水用だろう。結び目を解き、本体をだす。

「見ていただきたい写真があるのです」

福家は画面をタッチして、「あれ？」などと言いながら、首を傾げている。

狩のイライラは頂点に達していた。

「君、いい加減にしてくれないか！」

福家は画面から顔も上げず、言った。

「申し訳ありません。使い方がよく判らなくて。やっと携帯電話を使いこなせるようになったところだったのですが……。おかしいわ。二岡君がいたらいいのだけれど。あ！」

福家は無邪気な笑みを浮かべ、スマートフォンを狩に向けた。百点の答案を得意げに見せびらかす子供のようだ。

画面には、軍手をはめた右手がアップで映っている。

「中津川さんの右手です。それと……」

福家は指をスライドさせ、もう一枚の写真をだす。

「こちらは左手です。何かお気づきになりませんか」

「さて、両方とも軍手をつけているな。これは私が勧めたことだが」

「問題は軍手そのものなのです。見たところ、泥などの汚れはほとんどついていませんね」

狩はスマートフォンの画面に目を近づける。

「ふむ、たしかに綺麗だ。別に不思議ではないだろう。倉雲岳くらいルートが整備されていれば、手をついたり、何かにしがみつかねばならない箇所もない」

「唯一の例外がこれなのです」

福家は鎖を指す。

「ご覧の通り、泥だらけです。雨が降ると泥水が流れ落ちて、この季節、いつもこんな状態なのだとか」

「下界ならいざ知らず、山なのだからピカピカに磨いておく必要もないだろう」

「鎖が泥だらけなのに、なぜ中津川氏の軍手は綺麗なのでしょう？」

「というと？」

「中津川氏は、下山中に滑落したと思われます。だとすれば、鎖は向かって右側にあります」

福家が実演する。ルート上に立ち、軍手をはめた右手で鎖を持った。そして、掌を狩に向ける。軍手の表面は、泥と泥水で茶色くなっていた。

「この点がよく判らないのです」

狩は鼻を鳴らした。

「何かと思えば、そんなことか。たしかに鎖はついているが、この程度の場所、摑まらなくとも通れるだろう」

福家はスマートフォンを操作する。次々と表示されていく写真は、どれも掌のアップだった。

「今日、ここを通った消防団のメンバーや登山者に協力していただきました。着用しているものは様々ですが、表面は同じように泥で汚れています。それに比べ……」

福家が指を滑らせると、最初の写真が表示された。中津川の軍手である。

「新しい泥汚れはありません」

「中津川さんが鎖を使わずにここを通った。それがそんなに問題かね」

「中津川氏は下山途中に亡くなられた。つまり、登るときも下るときも鎖に触れなかったことになります。少々、気になりましてね」

「気にしすぎだよ。先も言ったかもしれないが、中津川さんは自分の能力を過信するきらいがあってね。たぶん油断して、鎖を摑まなかった。だからこそ、滑落したわけだろう。山での事故は、様々な要因で起きる。理屈で考えすぎると、収拾がつかなくなるぞ」

「おっしゃる通りだと思います。ただ、細かいことが気になるのが性分で」

「もう失礼していいかな?」

「はい。お引き留めして、申し訳ありませんでした」

「お通夜や葬儀で忙しくなると思うが、私で役にたてることがあれば、いつでも訪ねてきたまえ」

「ありがとうございます」

体の向きを変えるとき、狩はわざと鎖を摑み、福家に向かってウインクした。福家は黙って頭を下げてくる。

崖下から人の声が聞こえてきた。遺体の搬送が始まるのだろう。

計画はほぼ順調に進んでいる。あと一つ二つ、手を打つべきことは残っているが、どれも些細なことだ。

狩の思いは、既に再来月へと飛んでいる。かつて自分の果たせなかった夢を、息子が継いでくれる。何と幸せなことだろう。たしかに未踏峰登頂は命がけだが、あいつなら絶対にやり遂げるに違いない。

九

受話器を置いた木曾太郎は、窓の外を眺め、ため息をついた。遺体の搬送作業が間もなく終了するとの連絡だった。昨日からの雨がようやく上がり、ガスも晴れてきた。

木曾が管理する倉雲小屋は、樹林に囲まれた鞍部にあった。ピークまでは時間にして二十分ほど。たいていの登山者は荷物を小屋に置き、空身でピークに向かう。初夏から初秋にかけては多くの登山客で賑わい、特に土曜日などは目が回るほどの忙しさとなる。

小屋は木造の二階建て、築三十年になる。建て替えの話もあるにはあるが、あちこちにガタのきた小屋のたたずまいを、木曾は愛していた。

建物が古い分、維持は大変で、雨漏りだの隙間風だの、修理に追われる毎日だ。もっとも、六十を超えたいま、すべてを一人で仕切ることはできない。山岳会の有志や学生たちのボランティアで、何とか続けているのが現状であった。

それにしても、滑落死とはなぁ。暗い気持ちで、木曾は玄関横のカウンターに坐る。

倉雲崩落痕では、毎年数件の事故が起きる。大半は軽傷で、死亡事故が起きるのは数年に一度だろうか。

安全な回り道をとの要望も多いが、地形の関係でなかなか難しい。

つい先日も、山岳会のリーダー、黒柳と話をした。鎖の位置を変えられないか。柵を作ったらどうか。崖の途中に網を張るという意見も出た。だが、散々話し合った末、行き着く先は決まって自分たちの引き際についてだった。黒柳は山岳会の代表を降りる気でいるらしい。

たしかに、将来の見通しは暗い。小屋の経営も厳しく、とりわけ人手不足が深刻だ。

この十年、夏の繁忙期には、山岳部の大学生が泊まりこみで手を貸してくれている。

だが、どこも部員数の減少が激しい。廃部とまではいかなくても、雀の涙ほどのアルバイト代で、ボランティアとも言える山小屋の手伝いに、人手を割く余裕はなくなっていた。

実際、今年の夏は、学生の助けがまったく望めない状況にあった。いまごろは新人獲得に奔走しているだろう。馴染みになった学生たちの顔が、代わる代わる頭に浮かんできた。

視野の隅に妙な影が映ったのはそのときだった。

小屋の玄関はガラスの入った引き戸になっている。見れば、玄関先を奇妙な赤い塊が行ったり来たりしている。レインウェアを着た、女性の登山者だ。雨はとっくに上がったというのに、どうしてそんな恰好をしているのだろう。木曾はカウンターから身を乗りだして注視した。

女性は、軒先にある登頂記念カード用のスタンプを手に取った。しばらく眺めた後、元の場所に置く。そして後ろを振り返り、ガスに隠れたピークを見やった。

ハプニングがあったとはいえ、今日も数人の登山者があった。始発のバスで来て、入山口からピークまで日帰りで往復する健脚組だ。

だが小屋前の小柄な女性は、どう見ても健脚組ではない。ウェアのあちこちに泥がつき、登山靴や手袋も真っ黒に汚れている。登攀中、派手に転んだに違いない。

天候の回復は一時的で、今夕から再び雨になると予報が出ていた。本格的に崩れるらしい。女性は装備らしい装備も持っていない。グズグズしていて下山が遅れれば、新たな事故の元となる。

木曾はカウンターを回り、ガラス戸を開いた。

「何かご用ですか？」

その声によほど驚いたのか、女性はぴょこんと飛び上がった。木曾は相手を萎縮させない程度に、険しい声で言った。

「もうピークは踏まれたのですか？　もしまだなら、なるべく早く行くことですな」

女性は困ったような表情で、再びピークの方角を見る。

「実は、まだ登っていないのです」

「差し出がましいことを言うようだが、あきらめた方がよくはないですか。いま登っても頂上はガスの中だ。展望は期待できない」

「はい。ピークには、登頂記念のカードがあるそうですね」

またか。木曾は内心でため息をつく。最近、カード目当てで登ってくる者が増えた。カードはピークに行かねば手に入らないので、登山者は多少の無理をしても行こうとする。リピーター獲得のために始めたことだが、そろそろやめるべきかもしれない。

「あることはありますが、手に入れるのは今日でなくてもいいでしょう。日を改めるというのは、いかがですか」

「うーん」

女性は顎に手を当てて、考えこんでいる。

そうした危機感のない態度が、余計に木曾を苛立たせる。今度は先よりも強い口調で言った。

「お見かけしたところ、あなたは装備も持っておられない。地図はどうしました？　地形図もガイドもなしに山に入るなんて無謀だ」

女性は素直に頭を下げた。

「おっしゃる通りだと思います。地図とコンパスは、ここに」

ウェアのポケットからビニールパックされたエアリアマップとコンパスが出てきた。

「地形は頭に入っているつもりですが、万一のとき、地形図があるとないとでは大きく違います。装備に関しては、申し訳ありません、事故現場に置いてきてしまいました。これは私のミスです」

話がおかしな具合になってきた。

「現場に置いてきた？」

「申し遅れました、私、こういう者……」

女性はポケットからさらに何かをだそうとするが、ファスナーに引っかかっているのか、なかなか出てこない。

「あら、ビニールが噛《か》んで……」

悪戦苦闘するのを見かね、木曾は地図とコンパスを持ってやった。

やっとのことで女性が取りだしたのは、ビニール袋に入った黒い手帳のようなものだった。

それを開き、木曾に見せる。

「私、警視庁の福家と申します。中津川氏のことは、お聞き及びかと思いますが」

「警視庁？」

この三十年、事故は何度もあった。木曾自身、捜索隊に加わり、無残な遺体を発見したこともある。人手がないときには収容の手伝いもやった。だが、死亡事故とはいえ、警視庁の刑事が出張ってきたのは初めての経験だった。

「警察の方でしたか。これは失礼しました。そのぅ、そんな風には見えなかったもので」

「よく言われます」

「それで、うちの小屋に、何か？」

「あなたが中津川さんを目撃されたと聞いたものですから」

「ええ。土曜日の昼前だったでしょうか。そこの軒先にあるスタンプを押しているところをね」

「目撃されたのは、どちらから？」

「中のカウンターからです」

「中に入ってもよろしいですか」

「え、ええ、もちろん」

福家はガラス戸を開け、カウンター内にするりと入ってきた。中はかなり暖かいので、眼鏡が曇る。福家は眼鏡を額に上げて目を細め、スタンプ台のある場所を見つめている。

かなり度のきつい眼鏡のようだが、裸眼で見えるのだろうか。木曾が首を傾げていると、福家はひょいと眼鏡をかけ直す。曇りは既に消えている。ずっと同じところを見続けていた福家は、木曾同様、首を傾げた。そしてポケットから、これまたビニールパックされた写真をだす。

「あなたが目撃したのは、この男性ですか」

生真面目そうな初老の男性の写真だった。スーツ姿で眼光は鋭く、力のこもった口許に意思の強さを感じる。映っているのは上半身のみだ。

「何とも言えませんなぁ……服装も違うし。雰囲気はこんな感じでした。そうそう、僕が頭を下げたら、杖を振って応えてくれましたよ。握りに赤い布が巻いてあったな」

木曾は自分が見た男性の服装を告げた。

納得したのかしないのか、福家は表情を変えることなく、写真をポケットにしまった。

その様子を見ながら、木曾は思う。この刑事はいつ、いまの写真を手に入れたのだろう。単独行の登山者の場合、身許確認に難渋することがある。病院に収容された後、家族などによって確認されるのが常だ。しかも今回の場合、入山から遺体発見までわずか三日。捜索願が出ていたわけでもない。

いきなり刑事がやってきたり、何だか妙な事故だな。

木曾の思いをよそに、福家はカウンターから出てくると、ぺこんと頭を下げた。

「お時間を取らせて、申し訳ありません」

「いや、こっちは別に構わないんだけど。刑事さんは、これから下りるんですか？」

「ええ。残念ながらピークは踏めそうもありません」

「もう少し気候が安定したら、ゆっくりいらしてください。今年は学生ボランティアが望めないんで、あまりくつろいではいただけないかもしれませんが」

「それは大変ですね」

「ええ。でも、仕方のないことです。山に登る若いヤツは減っていますし、みんないろいろと大変そうだ。無理は言えませんよ」

「無責任な発言と思われるかもしれませんが、心配ないと思いますよ」

福家の言葉に、木曾はやや面食らった。

「それは、どういう意味です?」

「大変なのはたしかでしょう。でも、一度山に魅せられた者は、簡単に山を捨てられません。あなただって、そうでしょう?」

「ええ、まあ。かれこれ三十年、小屋の管理をやっていますが、もともと山が好きで……」

福家は微笑むと、こちらに背を向け、道を下り始めた。その姿はすぐに樹林の向こうへ消えてしまう。

木曾の携帯が鳴った。最近はこの周辺でもアンテナが立つようになった。

「木曾さん、今年の夏は何とか人数を確保しました。新人は二名だけなんですが、OBにも声をかけて回ったんです。だから安心してください。それからOBの一人が、木曾さんの仕事に興味を持っているみたいなんです。今度、一緒にうかがってもいいでしょうか」

山岳部の部長の申し出に、しばらく声が出なかった。

「あの、木曾さん?」

「ああ、いつでも、いつでも来てくれ」

顔を上げると、雲が切れ、お椀形をした倉雲岳のピークが顔をのぞかせた。

十

狩はアクセルを緩めることなく坂を一気に登りきった。前に見えるのは中津川宅の門だ。駐車スペースの真ん中に乗り入れ、素早くサイドブレーキを引く。

先ほどまで青空がのぞいていたが、再び厚い雲に覆われつつあった。あと数時間で、また雨が降り始めるだろう。

狩はインターホンを押す。

「はい」

女の硬い声が応えた。カメラを通して、狩の姿はモニターに映しだされているはずだ。

「狩です」

「何のご用でしょうか」

「君に話がある。時間は取らせない」

スピーカーは沈黙してしまった。狩は門が開くのを待つ。

二分ほどして、玄関ドアの開く音がした。そして、門が開かれる。

喪服に身を包んだ高森陽子が、狩を睨んでいる。

「ほう、女房気取りだな」

「訪ねてこられた方の応対をするよう、社から命じられたのです。中津川様はお身内の方がいらっしゃいませんので」

「今回のことは、本当に残念だ」

陽子は言葉を返さず、敵意のこもった視線をぶつけてくる。

「おいおい、いったいどういうつもりだ？　どうして、そんな目で私を見る？」

「お帰りください」

「何？」

「あなたを家に入れるわけにはいきません。お帰りください」

「わざわざ訪ねてきた者に、その態度はないだろう。それでも秘書かね？」

陽子の両足は震えていた。気丈なところを見せてはいるが、限界は近い。

「別に構わんよ。ここで立ち話といこう。君はどうも、私のことを誤解しているようだ」

「そんなことはありません。中津川様からあなたのことはいろいろと聞いておりました」

「ほう。具体的にどんなことを？」

とたんに、陽子の歯切れは悪くなる。

「ここで申し上げることではないと思います」

中津川はワンマンで鳴らした男だ。滅多なことで、他人に本音を漏らしたりはするまい。たとえ深い関係にある女が相手でも。

狩は陽子に顔を近づけて言った。

「早まった真似はしない方がいい。自分のためにもね」

「どういうことです？」

「警察に駆けこんだのは君だろう？　何を言ったか知らないが、おかげで妙な刑事が私の周りをウロウロしている」

「あの刑事さんは、私の話を信じてくれたんです。だから……」

狩は舌打ちした。

「捜査一課の刑事と名乗ってはいるが、警察バッジ一つまともにだせない無能だよ。そんな刑事が一人動いたところで、何になる」

「そんなことないわ。あの人は絶対に、あなたの……」

狩は陽子の言葉を遮った。

「あなたの――何だね？」

陽子は険しい顔で睨んでくる。だが、それは虚勢だ。立っているのもやっとだろう。狩は笑みを作りながら、

「中津川さんは事故死だよ。現場の人間も、皆そう思っている。君の世迷言《よまいごと》など相手にしないさ」

「そんな……そんな……」

陽子の目から大粒の涙がこぼれ落ちた。

狩は声を低め、ささやくように言った。

「君は既婚者でありながら中津川さんと深い関係にあった。プライベートの電話番号を教えられるほどのね。君の夫が性格破綻者であり、断固として離婚に応じない――という事情があるにせよ、外聞のいい話ではない。中津川さんは金の力で黙らせてきたのだろうが、これからはそうもいかない」

陽子はもはや顔を上げてさえいなかった。門柱に手をついて、体を支えている。

「中津川さんのことだ。役員に根回しして、自分が死んだ場合の手配をしていたのだろう。実際、君は会社に居坐るようだし。だが、君と亭主のこと、一切合切が公になったらどうなるかな？　いまはネットという便利なものもある。火を点ければ、たちまち燃え上がるんだ。会社は何より、そうした面倒を嫌う。君も居心地が悪くなるのではないかな」

陽子は両手で顔を覆って泣いていた。

「あなたは……私から……中津川様だけでなく、あの人の会社まで……」

狩は激しく震える肩に、軽く手を置いた。

「余計なことはするな」

陽子の嗚咽を聞きながら、狩は車に戻る。エンジンをかけ、タイヤを軋らせながらターンする。

陽子は門の前に膝をつき、うなだれている。

取るに足らない存在ではあるが、早めに潰しておいた方がいい。直感がそう告げていた。

丘を下りきったところで車を駐め、狩は秋人に電話をかけた。

「ショックなのは判る。だが、ここで落ちこんでいても始まらんぞ。今回の遠征は、中津川さんの援助があったればこそだ。何としても成功させないとな」

秋人は低い声で、「ああ」と答えた。

「今後、記者会見で、中津川さんについての質問もくるだろう。やりとりの練習をしておいた方がいいな。ジムの大山か岩本と打ち合わせをしておいてくれ」

「判ったよ」

「俺も少ししたら行くから」

通話を切り、ハンドルを握り直す。

雨が落ちてきた。ワイパーを動かし、アクセルを踏む。秋人の落ちこみは思っていた以上だが、問題はないだろう。あとは前に進むだけだ。

十一

狩はPEAKの駐車場に車を乗り入れた。二十台収容のスペースに、駐まっているのは三台だけ。店内の閑散とした様子が、外からも判る。

狩が登山用品の開発、販売を手がけるようになったのは、十五年ほど前だ。狩のスポンサーであった用具メーカーにアドバイスを求められたのが最初だった。

素材や技術は日々、進歩している。新しいものを貪欲に取り入れ、いままでにない製品を作ることができないか。メーカーの担当者は狩に熱く語った。その熱気に引きずられる形で、狩も企画会議に参加するようになった。求められたのは、より実践的な意見だった。現場で使ったとき、どのような問題が生じるか。改良すべき点はどこか。いつしか狩ものめりこんだ。

共同開発という形で、様々な商品を世に送りだし、狩は広告塔としての役割も果たした。ちょうどチャムガランガでの一件と重なったことも幸いして、狩の名が広まるにつれ、商品の売り上げも伸びた。

既にスポーツジム PEAK SPORTS を経営し手応えを摑んでいた狩は、郊外に山岳用品専門店 PEAK を開いた。中高年層の登山人気は続いていたし、女性など新たな登山人口も増えつつあったからだ。

だが、PEAK の経営は行き詰まっている。若者や女性層には人気があるが、肝心の中高年層の取りこみに失敗した。機能性やデザインを追求しすぎ、シンプルで使いやすいものをというニーズに対応しきれなかったのだ。

都内にある三店舗は、いったん閉める。今後は以前のようにメーカーと二人三脚でやっていき、共同で新たな店を立ち上げる――。

狩は店に入った。登山靴や各種ウェアはもちろん、シュラフ、ザック、テントなども置いてある。狩が吟味を重ねた、これぞというものばかりだ。だが、消費者に伝わらねば意味がない。

勉強させてもらった。そう思うしかないか。人もまばらな店内を見渡し、狩は唇を嚙み締める。

今日は店長と、閉店に向けた話し合いをすることになっている。その前にひと通り数字を把握しておこうと、約束より一時間早くやってきた。

スタッフルームに入り、先週の売り上げにざっと目を通す。ひどいものだった。来店数はそれほど悪くない。ガスカートリッジや山用のインスタント食品、ガイドブックなどの売れ行きも悪くないが、靴やウェアといった主力商品はさっぱりだった。金曜など、備品関係で売れたのはトレッキングポール一本だけだ。

根本的な見直しが必要だな。ため息をついたとき、デスクの上のサングラスに目が留まった。フレームの傷に見覚えがある。秋人が愛用しているものだ。

狩は店に戻り、通りかかった店員を呼び止めた。チーフを務めている男性だ。狩とも顔馴染みである。

「秋人が来たようだね」

「ええ。木曜でしたか金曜でしたか……先週、一度お見えになりました。あ、サングラスをお忘れでしたよ」

「スタッフルームで見たよ。悪いね、手間をかけて」

「いいえ」

「それから、来週の初めに時間をもらえないかな。今後のことについて、話をしたい」

「はぁ……」

「心配をかけてすまない。だが従業員は、アルバイトも含めて、しっかりと面倒を見させてもらう。多少の研修は必要だが、PEAK SPORTSに移ってもらうことも考えている」

「よろしくお願いします」

深々と頭を下げ、男は裏口から外へ出ていった。

店内に目を戻したとき、レディースコーナーの一角に目が留まった。ジャケット売り場の前に、見慣れた後ろ姿があった。

「刑事さん」

振り返った福家は、眼鏡の奥で目を瞬かせる。

「あら、狩さん」

「芝居が下手だな。私を待っていたくせに」

「ええ。ただ、もう少し遅くなるのかと思っていました」

悪びれもせず、福家は答える。

狩はハンガーにかかったジャケットに目を移した。

「ピンクがお好みかね？」

　福家は目を細め、ジャケットをしげしげと見る。

「このロイヤルブルーがいいですねぇ」

「フード付きのフリースジャケットだね。ファスナーを調整すれば、顔半分まで覆うことができる。たとえ南極に行っても大丈夫だ」

「南極ですか。一度は行ってみたいものですが、いまの仕事をしていては、とても」

「たしかに。刑事の仕事は多忙なんだろう。中には例外もいるようだがね」

「と言いますと？」

「ただの滑落事故に、あれやこれやと首を突っこむなんて、何と暇なのかと思ってね」

　狩の嫌味も、福家にはまったく通じないようだ。

「たしかに暇と言えば暇ですが、一応、やることはあるのです」

　福家は肩から提げたバッグに手を入れる。案の定、捜し物は見つからないようだ。あら、はて、などとつぶやきながら、中身を探っている。

「その整頓術、山では致命的だな。縦走中も必要なものがすぐに取りだせるようでないと」

「ええ、おっしゃる通りです。命に関わりますから……あった！」

　福家はバッグから数枚の写真をだした。何が写っているのか、狩には見えない。

「これを見ていただきたいのですが……あ！」

「今度は何だね」

「そこはレインウェアのコーナーですね」

狩の反応を無視し、福家は写真を手に売り場へ向かう。成り行き上、後に従うよりない。

「色がたくさんあるのですね。赤、青、黄色くらいかと思っていましたが」

「さすがに時代が違うよ。ここにあるのは防水ウェアでね、普段は防寒用に着てもいい。襟許からフードを引きだせるんだ」

福家は、ハンガーの一着を手に取る。

「軽いですね」

「いいところに目をつけるな。コンパクトに畳めて、軽い。それがもう一つの売りさ」

狩は別の一着を取る。

「襟の部分を曲げ、袖を畳み、そのまま丸めていくと……」

ウェアは筒状になった。

「ビール缶に入る大きさというのが、当初の目標だった。実際には、もう少し小さくなったがね。これで重さは二八〇グラム。外国製にも負けないよ」

「素晴らしいですわ」

福家はウェアを広げ、表、裏とひっくり返している。やがて、それをハンガーに戻すと、今度は筒状に畳まれた商品を指さした。

「この畳み方ですが、指定があるのでしょうか」

「マニュアルはついている。適当に畳んでこのサイズは、さすがに無理だ」

福家は初めて写真を見せた。写っていたのは、きちんと筒状に畳まれたウェアだ。カーキ色のもので、狩にも見覚えがあった。表情を変えないよう留意しながら、尋ねる。

「これは、我が社の製品のようだが？」

「中津川氏のザックの中にありました。一応、すべての装備を確認したのですが……」

「事故だというのに、そこまでやるのかね？」

「司法解剖も含め、徹底的に行う予定です」

「大ごとになってきたな。しかし、私にはまだ判らないね。君がどうして中津川さんの死に疑問を持つのか」

「いくつか気になる点があるものですから」

「カーナビが切ってあったとか、両手が綺麗だったとか、取るに足らないことばかりだろう」

「このウェアも悩みの種なのです」

「中津川さんは、秋人のスポンサーになってくれた。正確に言えば、秋人の希望によって中津川不動産がスポンサーとして名乗りを上げてくれた。むろん、私もスポンサーの一人だ。秋人が山で使う装備は、ほぼ我が社が提供している。当然、中津川さんも我が社の装備をだね……」

「それは判ります。店内の商品は、どれも一級品ですから」

刑事に何が判るものか。そう思いつつも、狩はにこやかに頭を下げた。

「嬉しいお言葉ですな」

「引っかかるのは畳み方なのです。装備品を見た限り、中津川氏はまめに手入れをされる方ではなかったようです。ウェアなどのしまい方は適当ですし、登山靴の手入れもいい加減です。ヘッドランプの電池は切れかけで、予備の電池もありませんでした。このレインウェアだけが、きっちりと、マニュアルに則って畳まれているのです。少々気になりましてね」

「君も見て判ると思うが、この商品の畳み方は実にシンプルだ。マニュアルさえ頭に入れれば、誰にでもできる。整理整頓が苦手な御仁でもね」

「中津川氏の自宅には、同じブランドの防寒具がもう一セットありました。同じようにコンパクトに畳めるタイプです。そちらの方は、袋に入れることすらせず、他の衣類と一緒に棚に突っこんでありました。この二つの違いが、どうにも気になります」

ウェアを初めて見るようなふりをしているが、その実、商品について詳細に調べてきたに違いない。その上で、こちらの反応をうかがっていたのだ。

腹の辺りがカッと熱くなった。大きな声が口を衝いて出た。

「パッキングするときに、きちんと畳んで入れた。それだけのことだろう。君は何としても、中津川さんの死を殺人にしたいとみえるな」

レジにいた店員がぎょっとしてこちらを見た。客がほとんどいなかったのは幸いだった。

狩は唾を呑みこみ、声を落とす。

「そして君は、その犯人を私だと思っている」

福家は目をぱちくりさせ、

「あなたをですか?」

「猿芝居はやめるんだな。思わせぶりな態度はもうたくさんだ。逆にきくが、中津川さんの転落が人為的なものであるという証拠があるのかね?」

「いいえ」

「そもそも、中津川さんが土曜日に倉雲岳に登ることは、本人以外、誰も知らなかったのだろう? 待ち伏せして突き落とすにしろ、後を追って襲うにしろ、簡単にできることではない」

「中津川氏は、本当に倉雲岳に登るつもりだったのでしょうか」

「何だって?」

「誰も知らなかったということは、逆に考えれば、犯人が自由に工作できたことにもなります。中津川氏は、山ではなく、下界で殺害されたのではないでしょうか」

「下界ねぇ」

「例えば、自宅です。犯人は中津川氏を殺害し、山行きの準備を調えます。その後、遺体を車に乗せ、倉雲岳へ。倉雲崩落痕まで遺体を運び上げ、投げ落とす」

狩は口許を歪め、「話にならん」と首を左右に振った。

「それならば、カーナビが切れていたこと、ウェアの畳み方が違っていたこともうなずける。だがね、なぜ、そんな面倒なことをするのだね。私が彼を殺すと仮定して、いいかね、あくまで仮定の話だよ、倉雲岳は選ばんと思うね。滑落死に見せるにしても、別の山にする。高見岳や三本峠《さんぼん》などの方が、アプローチも楽だ。高見岳には、登り始めて三十分のところに『高見乗り越し』という急登がある。鎖場も三カ所。滑落者は年間、けっこうな数になる。三本峠も同様だ。倉雲崩落痕まで担ぎ上げる理由が判らんね」

狩の言葉を黙って聞いていた福家は、意外にも素直にうなずいた。

「ええ、おっしゃる通りです」

「ほう、素直じゃないか。では、そろそろお引き取りいただけるかな」

「はい。今日のところは失礼します」

福家は鞄を肩にかけ直し、入口に向かった。

どれだけしつこく食い下がってこようと、追い返すだけさ。狩が満足感を胸に歩きだそうとしたとき、福家の声が飛んできた。

「遺体の発見を遅らせたかったという見方は、どうでしょうか」

不意討ちに、足がもつれそうになった。動揺を押し隠しながら、ワゴンセールコーナーの脇で、こちらをじっと見る福家と向き合う。

「何だって?」

「単なる思いつきですが、犯人は一定期間、遺体の発見を遅らせたかった。あなたのおっしゃる通り、高見岳や三本峠の方が偽装工作には適しています。ただ、ご指摘の箇所は、どちらも非常に見通しがよいのです。遺体があったら、すぐに発見され、通報されていたと思います」

「なかなか面白い推理だが、やはり具体性に欠けるよ。遺体発見を遅らせたかった理由というのは、何なのだ？」

「そこまでは、ちょっと」

「帰りたまえ」

「司法解剖をすれば、胃の内容物なども明らかになります。新たな情報が出ましたら、またご報告にあがります」

狩は福家に背を向けた。問いかけてきても、今度は無視するつもりだった。

いままで感じていた、心の余裕はなくなっていた。俺は追い詰められているのだろうか。

いや、計画は順調だ。登山においても、予想外の事態は常に発生する。低気圧の進みが思ったより速かった。積雪量が予想より多かった。だが、パーティは簡単に撤退を決めはしない。その都度、対処法を考え、乗り越えていく。

道は険しければ険しいほど燃えるというものだ。

十二

児玉春臣《こだまはるおみ》は役員室の椅子に身をうずめ、飾り気のない、真っ白な壁を見つめていた。

中津川不動産本社の最上階にある役員室だが、殺風景きわまりない。デスクも椅子も量販店で売られているもので、承認のない私物の持ちこみは禁止されていた。部屋にあるのは、小さな書類キャビネットと、支給されたノートパソコンだけ。

これは、中津川が社長に就任して以来の伝統であった。役員には最上階の個室を進呈する。ただし、ひとたび役員となれば、その部屋でふんぞり返っている暇はない。

中津川め……。

午後九時過ぎ。最上階は静まり返っている。電話も鳴らず、廊下を往来する足音もない。普段の月曜なら、ほとんどの役員が残り、決裁を求める部下の出入りがあり、電話が鳴り、昼間と同じく活気に包まれていたはずだ。

こんなに寂しい月曜日は初めてだ。

中津川とは同い年で、彼が小さな不動産屋を継いだときからの相棒だった。

いや、相棒だと思っていたのは俺だけかもしれんな。

事業を発展させてきたのは、すべて中津川の才覚だ。児玉は、指示に従い、後ろを歩いてきたにすぎない。

中津川から副社長就任の打診があったのは、一週間前だった。副社長が退任するという。表向きは病気療養となっているが、社長との不仲が原因らしく、事実上の更迭だ。その後任に社長が指名したのが児玉だった。相談役である中津川も、その人事に異論はないとのことだった。

だが、児玉は即答を拒んだ。返事は少し待ってくれ。妻とも相談したい。

中津川はひどく不満そうだった。それでも、待つと言ってくれた。

妻と相談するというのは嘘だった。本当は引き受ける勇気がなかったのだ。

業界二位とはいえ、事業環境は決して楽なものではない。社員の生活も含め、それだけの責任を背負いきれるだろうか。

決心がつかないまま一週間たち、突然、中津川の死を知らされた。膝の力が抜け、その場に倒れこんでしまった。

長年の友であり、最も尊敬する男の死。すぐに受け止められるものではなかった。

自分が取り返しのつかないことをしたと気づいたのは、役員室に戻り、この椅子に腰を下ろしてからだ。

俺は、中津川に結論を伝えることができなかった。肘掛けを握ったまま、何もせずに坐り続けていた。

電話は受付で止めるよう言い置いていたし、急な訪問者もなかった。

放心状態の頭に浮かび上がってきたのは、辞表の二文字だった。中津川がいなくなったいま、ここに執着する理由はない。

ふと心が軽くなった。引き際としては、ちょうどいいのかもしれない。

パソコンの電源を入れ、パスワードを入力したとき、内線電話が鳴った。秘書課からだ。

しばし躊躇した後、受話器を取る。

「警察の方がお見えです」

数分前の児玉ならば、断っていたであろう。

「お通ししてくれ」

すぐにノックがあった。入ってきたのは小柄な女性だった。警察官には見えなかったが、一般人にはない、緊張感のようなものがある。喩えるなら、一枚の紙だ。ひらひらと風になびきながらも、端は鋭利だ。油断していると皮膚を切られる。

児玉は立ち上がり、壁にたてかけてある折畳み椅子を広げた。

「当社には応接セットがないもので」

客のほとんどは、その応対にぎょっとする。だが、目の前の女性は、気にした風もなく、「ありがとうございます」と頭を下げた。そして、肩に提げたバッグから警察バッジを取りだした。

「警視庁捜査一課の福家と申します」

こうした場合、こちらは名刺を渡すべきだろうか。そんなことを考えつつ、児玉は名乗り頭を下げた。

「まあ、どうぞ」

椅子を勧めながら、児玉は腰を下ろす。だが福家は立ったまま、表紙のすりきれたメモ帳を開いている。

「お構いなく。このままでけっこうです」

天井の明かりを受け、縁なしの眼鏡がきらりと光った。

「用件は何かな。中津川相談役のことは、事故と聞いているが」

福家の口から出たのは、思ってもいなかった問いだった。

「こちらでは、月曜の午前中に役員会を開かれるとか」

「ああ。第一と第三月曜にね。それがどうかしたのかね」

「本日の午前中も役員会が開かれたわけですね」

それを聞いて、鼻の奥がつんとなった。

「ああ。役員会が滞りなく終わり、ホッとしたところへ、訃報が届いたのだよ」

「中津川氏は、もともと欠席されるご予定だったのですか」

「相談役に退いてからは、月に一度、出るか出ないかだった。決議が必要な場合は委任状をだしていたよ」

「今回の役員会では、どのようなことが議論されたのでしょうか」

児玉は眉を上げ、奇妙な女刑事を見た。

「どうして、そんなことを?」

「大企業の相談役が亡くなられたのですから、ひと通りの捜査をしませんと」

理解し難い理由ではあったが、とにかく、早く追い払いたかった。

「形式的に役員の承認が必要なものばかりで、大した議題はなかった。相談役絡みで言うなら、狩秋人とのスポンサー契約継続についてかな」

福家の目が、にわかに鋭い光を帯びたように見えた。

「その件は承認されたのですね？」

「むろんだ。議論を尽くした結果、継続することに決まったよ」

「議論？　ということは、役員全員が賛成されていたわけではないのですね」

児玉はデスクの上で手を組んだ。

「私は反対していた。登山遠征のスポンサーになったことは、明らかに失敗だ。狩義之という男に乗せられ、体《てい》よく金を巻き上げられた。その上、相談役まで山に登るようになって、挙げ句こんなことに……」

爆発しそうになる感情を、児玉はギリギリのところで抑えた。

「失礼。少々、言葉が過ぎたようだ」

福家は手帳に何事かを書きつけ、

「あなたが反対されても、スポンサー継続は決まったのですね。つまり、中津川氏の発言力は、それだけ大きかったということですか」

「まあ、ワンマンと揶揄《やゆ》されるほどだったからね。だが、実績があることも事実だ。私も一応信念を貫いて、スポンサー継続には反対の意思を示した。ささやかな抵抗というやつだ」

しかし、そんなことをしているとき、中津川は既にこの世にはいなかったのだ。

喩えようのない虚しさが衝き上げてきた。

「相談役も薄々、判ってはいたんだ。自分の判断が間違っていたことを。私はね、今回の役員会で少しは期待していたのだよ。相談役が誤りを認め、正しい決断をするかもしれないと」

「正しい決断とは、スポンサーを降りるということですか？」

「そうだ。毎年、かなりの額が支払われているが、我が社への貢献度は著しく低い。さらに言えば、使途もいま一つはっきりしない。我が社は業績好調で、利益全体から見れば狩への投資額などわずかなものだ。だが、そういったことを……」

　児玉はふと我に返った。

「すまない。君にこんなことを話しても仕方がないな」

　福家は首を左右に振った。

「いえ、とても参考になります」

「……君は、妙な刑事だな」

「よく言われます」

「かすかな期待を抱いていた役員会だが、相談役からは早々に委任状が届いたと聞いた。正直がっかりしたよ」

「つまり、中津川氏は役員会の議決に従うと」

「そうだ。スポンサー契約の延長は規定路線だから、私以外に表立って反対する者はいなかった。委任状をだしておけば、相談役の意思が通ることを意味する」

「その議決が月曜の午前中――」

「私がもう少し粘って、役員会の場に議論を持ちこんでいれば、相談役も出席せざるを得なかった。そうすれば、山になぞ行かず、死なずに済んだのかなと」

福家は何も答えず、目を伏せた。お決まりの慰めを言われるより、ありがたかった。

児玉は腕時計を見て、

「用件は済んだかな。帰る前に、総務に顔をだしておきたいんだ。相談役の葬儀の手配がどうなっているか、確認したくてね」

だが福家は目を伏せたまま、人さし指をたてた。ひどく無礼な態度ではあったが、不思議と腹は立たなかった。児玉は椅子に坐り直す。

「まだ質問が残っているということかな？」

「もし、中津川氏が考えを変え、役員会に出席されたとしたら、どうなったでしょうか」

「何が？」

「スポンサー契約の件です。契約を延長しないことを中津川氏が提案されたとしたら」

「先も言ったように、契約は相談役の意思で始まった。相談役が延長しないと言えば、それで決まっただろうね」

福家は手帳を閉じた。

「ありがとうございました」

「本当に、これで終わりかね？」

「はい。お仕事のお邪魔をして、申し訳ありませんでした」

「仕事？」

福家は、電源が入ったパソコンに目を向けた。

「ああ、これは……」

児玉は慌てて、電源を落とした。思えば、辞表をパソコンで書くなど、おかしな話だ。中津川が見たら激怒しただろう。やはり、どうかしていたのだな。

だが、いまだ心の揺らぎは収まらなかった。

「しかし、人というのは、判らんものだねぇ」

知らず知らずのうちに言葉が出ていた。背を向けようとしていた福家が動きを止める。

「この年になっても、いまだ死ははるか先にあるという思いが抜けない。相談役とのつき合いも、まだまだ続くと思いこんでいた。まさか、こんなに突然別れがくるなんて」

福家は黙って聞いている。

「伝えそこねたことが、たくさんある。後悔ばかりだよ」

電源の切れたパソコンを指さした。「君が来る直前、辞表を書こうとしていたんだ。相談役……いや、中津川のいない会社に、私の居場所はない気がしてね」

「そんなことはありませんわ」

福家の声は、先ほどまでとは打って変わり、澄んだ響きを持っていた。

「あなたはこんな時間まで残っておられる。ここを愛しているからですわ。中津川氏は亡くなりましたが、彼の作り上げたものは、こうして存在しています。彼のことを思うのであれば、あなたはここに留まるべきだと思います」

「中津川が作ったもの……？」

「中津川氏も、そう望んでいると思います」

福家はぺこんと頭を下げると、ドアの向こうへ消えていった。

児玉は席についたまま、白い壁を見上げていた。

「中津川が作ったもの……か」

悲しみは膨れ上がるばかりだ。それでも、気持ちは少しずつ前を向きつつあった。

児玉は一人、苦笑する。辞表だと？　そんなものを書いたら、中津川に怒鳴られる。

十三

野々村利隆《ののむらとしたか》は、坐りこんでいる狩秋人を前に、途方に暮れていた。

野々村自身がオーナーを務める、トレーニングジムのスタッフルームだ。午前零時を回った遅い時間だが、ジム内にはまだ多くの会員がいた。営業終了は午前一時としている。会社帰りのサラリーマン、ランニング後、風呂だけ使いに来る者、軽く体を動かしてからバイトに向かうフリーターなど、深夜でも意外に需要は多かった。

普段なら、トレーニングルームを回り、常連にアドバイスの一つもするのだが……。坐りこんだ秋人は、両手に顔をうずめ、微動だにしない。

いつか、こんな時がくるかもしれないと思ってはいたが……。

秋人のトレーナーを引き受けて、今年で五年になる。日々のトレーニング、体調と栄養の管理などを主に担ってきた。これまで相当数のアスリートを見てきた野々村だが、秋人ほど楽な相手はいなかった。素直で従順、それでいて、山に関しては貪欲。一歩でも、たとえ半歩でもピークに迫ろうという、不屈の闘志を持ち合わせていた。

父親の血か。

秋人と契約したのは、狩義之の熱意によるところが大きかった。日本を代表するクライマーに息子を頼むといって深々と頭を下げられれば、断れるわけはない。

だが、最近の狩の態度に、野々村は疑問を感じていた。たしかに秋人は、クライマーに必要な多くのものを父親から受け継いでいる。筋力、肺活量、高山病などに対する耐性、人の目を惹く華も、リーダーとしてのカリスマ性も具わっている。

だが、精神面はまた別だ。

秋人は無理をしているのではないか。そう思うことが時々あった。

実際、秋人の人生を動かしているのは父親だ。登るべき山を決め、金と人を集める。登るのは秋人だが、取り仕切っているのは父親だった。

秋人の意思は、どの程度入っているのだろう。

秋人は父親に絶対服従の態度を取っている。二人が諍いをするところは見たことがないし、父親の設定した目標を、彼は積極的に受け入れていた。

にもかかわらず、二人の関係には歪《いびつ》なものを感じる。野々村の専門はあくまで肉体面で、精神面のケアは関知するところではないが、秋人が追い詰められていることは何となく判った。

それでも、そこまで踏みこむのは自分の仕事ではないと考えていた。秋人の周囲には多くの人間がいる。いずれ誰かが気づくに違いない。そう思って、沈黙を続けてきたのだが……。

中津川という男の死を知って以来、秋人はおかしくなってしまった。物も言わず、一切の感情を捨ててしまったかのように見える。

だが野々村を慄然とさせたのは、秋人の沈黙ではない。そんな状態にありながら、父親から命じられた日々のメニューをこなすべく、ジムに現れたことだった。

ここに来たのは、秋人の意思ではない。何者かに操られるがごとく、半ば無意識のうちに来たのだろう。

ウェアに着替え準備運動を始めた秋人に、野々村は中止を命じた。トレーニングなどできる状態でないのは明白だ。

それなのに、秋人はやめようとしなかった。素直で従順な彼が、野々村の命令を無視したのだ。

ランニングマシンに乗ろうとする秋人を押しとどめ、振り払おうとする手を摑み、最後は他のスタッフの手も借りて、ここに坐らせた。

それっきり、秋人は口を利かない。

どうすればいい。父親に連絡するか。本来なら、すぐにそうすべきだった。だが、何かが野々村をためらわせていた。

「あのう、すみません」

スタッフの一人が、声をかけてきた。

「何だ？」

「体験のお客が来ているんですが、野々村さんに相手してもらった方がいいみたいなんで」

「いまはダメだ」

「フリークライミングの体験コースなんですけど、オレンジを登りきっちゃったんですよ」

野々村は振り返った。

「オレンジを？　嘘だろ？」

「本当です。案内係が困っちゃって」

野々村のジムは、倉庫を改造して作られている。天井が高いので、十五メートルのクライミング用ウォールを設置することができた。ウォールに埋めこまれたホールドは、七段階に色分けされている。無色が初心者用のレベル七、赤、青、緑、黄色とレベルが上がり、最高難度のレベル一がオレンジである。

「プロレベルでも完登が難しいのにか？　あのオーバーハングをクリアしたのか」

「はい。難なく突破したらしいです」

「体験だと言ったな」

「体験」とは、正式会員になる前、コースごとに受けられる無料レッスンのことだ。

「名前は何ていう？　プロじゃないのか？」

「聞いたことがない名前です。ちょっと珍しい名字でした。えーっと、ふく……」

「いま、どこにいる？」

「待合室にいます。シャワーを使うかって尋ねたら、汗はかいてないからけっこうですって」

汗一つかかず、オレンジを登っただと？　化け物か。

「よし、とりあえず会ってみよう」

そう言って、野々村は秋人に向き合う。

「少し待っていてくれ」

秋人は虚ろな目でこちらを見上げ、思い詰めた表情で言った。

「俺が殺したんだ……」

「何だって？」

「中津川さんは、俺が殺したんだ」

声が徐々に上ずってくる。野々村は両肩を押さえつけた。

「判った。そのことはあとで聞く。少し待っていてくれ」

野々村はスタッフに秋人を託し、一階の待合室に下りた。

待合室には小柄な女性が一人、坐っているだけだった。縁なしの眼鏡をかけ、自販機のコーヒーを飲んでいる。スタッフが言うような女性は見当たらない。

事務室にいるのだろうか。

部屋を出ようとした野々村だったが、コーヒーを飲む女性の手に滑り止め用のチョークがついていることに気づき、足を止めた。

「あのう……クライミングコースの体験に来られたのは、あなたですか?」

野々村の問いに、女性ははっとした様子で立ち上がった。

「トレーナーの野々村利隆さんでしょうか」

なんと、こちらの名前を把握しているのか。どうやら、プロ志望らしいな。ならば、最初から指名すればいいものを。

野々村は握手をして、言った。

「実力のほどは、スタッフから聞きました。いや、オレンジを完登するとは大したものだ。あれはなかなか難しくてね。実を言うと、いまプロで活躍している磯野《いその》良子《よしこ》も、最初は登りきれなかったんだよ」

「磯野選手は世界大会で二位に入りましたね」

「ああ。優勝を狙える実力はある。だが、世界は広いよ。次々と新星が現れる」

「まったくです。今年優勝したスイスのフェオドラ選手は、昨年まで無名でしたからね」

磯野は野々村が担当するアスリートの一人だ。フィジカル面は申し分ないが、いかんせんメンタル面が弱い。闘争心はあっても、自分への甘えが捨てきれない。少し結果が出ると練習量が減る。大成しない、典型的なタイプだ。現状を打破すべく、野々村もあれこれと手を打っているが、いまのところお手上げだった。このままでは、次期世界大会で順位を落とすことになるだろう。

そんなとき、この女性の出現は僥倖《ぎょうこう》だった。

「僕もフェオドラには驚いた。だが、驚かされてばかりでは面白くない。来年は一つ、こちらが驚かせてやろうじゃないか」

「あら、ということは、日本にも有望株がいるのですね。それは楽しみです」

謙遜の度がすぎるのか、こちらをからかっているのか、会話が嚙み合わない。

「とにかく、少し話を聞かせてくれないか。個人で活動しているの？　それとも、どこかの団体に所属して？」

「団体ですか？　所属しているといえばしています」

「それは、どういった？」

「何と答えていいのか判りませんが、一般的には公務員です」

「公務員？　もっと具体的に言うと？」

「警視庁」

「はぁ？」

女性は椅子に載せていたバッグから、警察バッジを取りだした。

「捜査一課の福家と申します。狩秋人さんにお会いしたくて来たのですが」

野々村は示された身分証を凝視した。

「刑事さん？　どうして刑事さんがうちでクライミングの練習を？」

「そんなつもりはなかったのですが、どうしたわけかウェアを渡され、更衣室に案内されてしまったものですから」

「それで、仕方なく登ってみせたと？」

「いえ、見よう見まねだったのです」

「見よう見まねで最高難度をクリアですか」

この刑事、いったいどこまで本気なのだろう。野々村は翻弄されるばかりだったが、職業はどうあれ、この才能を埋もれさすのは惜しい。

野々村は名刺を渡し、深々と頭を下げた。

「うちでトレーニングをしてみませんか？　あなたには才能がある！」

福家は目をぱちくりさせた。

「トレーニング？　いえ、私は秋人さんとお会いしたいだけなのです」

「しかし……」

身を乗りだそうとして、我に返った。二階のスタッフルームには、廃人同様の秋人がいる。

野々村は頭を切り換えた。

「秋人には、どういうご用件で？　もしかして、中津川さんに関係することですか」

「ええ」

「あの人は山で亡くなったのでしょう？　どうして警視庁の刑事さんが」

「山で起きた事件の場合、見極めが難しいのです。関係者全員にお会いするのが決まりになっていまして」

それが本当なのかどうか、野々村に判断する術はない。いずれにせよ、秋人は答えられまい。

野々村は福家に事情を話した。

「かなりまいっているのは事実です。彼をあなたに会わせるわけにはいかない。明日、病院に連れていこうと思っているんです」

「なるほど。判りました」

拍子抜けするほどあっさりと、福家はうなずいた。

「では、今日のところはお引き取りください」

だが福家は動かない。

「秋人さんの状態を、狩氏に伝えたのですか」

「いえ」

「どうしてです？」

「そんなこと、あなたに説明する必要はない」

「狩氏と秋人さんは、うまくいっていたのでしょうか」

ぼんやりとした外見の女刑事は、鋭い質問を次々と投げてくる。野々村は必死で平静を装いつつ、同じ答えを繰り返した。

「答える必要はないと思う」

「金曜日から土曜日にかけての、秋人さんの行動を教えていただけませんか。あなたなら、把握しておられるでしょう?」

「ですが、それを僕の口から……」

福家が半歩、近づいてきた。薄い眉を上げ、先よりも低い声で言った。

「お判りになっていないようですね。このままだと、秋人さんのためになりませんよ」

挑発的な物言いに、野々村は頭の芯が熱くなるのを感じた。

「それはどういう意味です? 僕にはね、秋人を守る責任があるんですよ。彼は遠征を控えてナーバスになっている。これ以上のごたごたでペースを乱したくない」

「責任とおっしゃるのであれば、なおのこと、ここで質問に答えられた方が賢明です」

「あなたはいったい……」

「中津川氏が、スポンサー契約の打ち切りを決めていたとの情報があります」

足払いをかけられ、体が宙に浮いたような気分だった。

「……それは、たしかなことなのか?」

「まだ可能性の域を出ません。社内でも調査中とのことですが、近いうちに事実が明らかになると思われます」

「中津川不動産に手を引かれたら、秋人の遠征は中止に追いこまれる」

そこまで言って、はっとした。

遠征の中止。それは、明確な動機とならないか。

『俺が殺したんだ』

秋人の言葉がよみがえった。動揺する野々村に、福家は質問を重ねてくる。

「金曜日の夜から土曜日にかけて、秋人さんはどこにおられました?」

野々村ははっきりと覚った。これはアリバイ調べだ。この刑事は、秋人を疑っている。

「金曜の夜は……」

冷たい汗が、背中を伝った。とっさに都合のいい嘘など出てくるはずもない。正直に答えるしかなかった。

「彼は一人で山にいた」

福家の手には、いつの間にか、すりきれた手帳があった。

「どこの山です?」

「郊外にある楢沢山《ならさわ》だ。標高千メートルほどの低い山で、秋人なら四十分ほどで登れる」

「深夜にそんなところで何を?」

「昼間はハイキング客で賑わっているが、夜はほぼ無人になる。そういう静かな空間に身を置いて、精神をリフレッシュする——これは秋人が言っていたことで、僕には判らない感覚だよ」

「その山まではどうやって？」

「僕が車で送った。金曜の午後九時にここを出て、登山口に着いたのは、十一時ごろだったかな。僕はここに戻り、翌朝八時に迎えに行った。待ち合わせ場所の駐車場に着いたとき、秋人はまだ来ていなかった。姿を見せたのは、八時半ごろかな。それから、このジムに戻った」

「戻られた時刻は判りますか」

「途中で食事をしたりして、昼過ぎになっていたと思う。それ以降、夕方まで僕と一緒にいた」

　福家は「うーん」と天井を振り仰ぐ。

「秋人さんが山の中にいたのは、約九時間半。その間のアリバイはないことになります」

「一人になることが目的の山行きだから」

「偶然人に会ったとか、何かを見たとか、そういうことはお聞きになっていませんか」

　野々村は首を左右に振る。

「なかったと思う。そういうことがあれば、話に出てくるだろうからね」

　野々村は福家の問いに答えたことを後悔し始めていた。秋人にアリバイがないことが確定し、余計、嫌疑が深まってしまった。弁護士同席のもとで答えるべきだったか。

「刑事さん、こんなことを言っても仕方ないのかもしれないが、秋人は人を殺すような人間ではない。ひどく純粋で、山のことしか考えられないヤツなんだ」

「純粋ゆえ、遠征を潰そうとする中津川氏が許せなかったのかもしれません」

「だが、中津川さんは倉雲岳で滑落死したんだろう？　たとえそれが偽装だったとしても、秋人ではない」

「なぜ、そう言えるのです？」

「秋人なら、山で人を殺したりしない。あいつは山が好きなんだよ」

我ながら、何の根拠もない馬鹿げた主張だと思う。おのれの願望をもっともらしく言葉にしただけのことだ。

だが、福家は手帳を閉じ、うなずいた。

「そうかもしれませんね」

「そうかもしれませんて、あなた……」

「秋人さんのケアをお願いします。チャムガランガ遠征は正直どうなるか判りませんが、彼の年齢なら今後もチャンスがあるでしょう」

福家はにこりとして、待合室を出ていった。

野々村はほっと息をつく。何とかこの場は凌いだが、あの刑事がこれであきらめるとは思えない。今後の対応を、弁護士と練るべきだろうか。

それにしても、秋人が発したあの言葉はいったい何だったのだろう。あれを刑事に知られたら、秋人はもうおしまいだ。そう考え、ふとこの部屋のドアが開けっ放しになっていたことに気づいた。あのとき、野々村たちがいた階上の部屋のドアも開いていた。刑事の耳に入った可能性はある。

いや、それは心配のしすぎか。耳に入っていたのなら、彼女がそれに触れないはずはない。まったく、クライミングどころではなくなってしまった。

再びドアが開いた。福家が戻ってきたのかと思ったが、入ってきたのは磯野だった。思い詰めた表情で、野々村に迫ってくる。

「あの女は何なんですか」

「何？」

「見たんです、最高難度の壁を完登した女を。あの女と何を話していたんです？　新人ですか？　私には内緒なんですか？」

「そうじゃない。とにかく、いまは忙しい。あとにしてくれ」

「あれはテストだったんですか？　彼女の面倒も野々村さんが見るんですか？」

「彼女はプロではない。あの壁に挑戦したのも、ただの偶然だ」

「そんな答えで私が納得すると思っているんですか」

苛立ちも手伝い、野々村は語気を強めた。

「おまえが納得するかどうかなんて関係ない。ただ一つ確実なことは、世の中にはすさまじい才能を持った者がいるということだ。磯野、自分は特別だなんて思っていたら、あっという間に居場所を失うぞ」

磯野の顔は蒼白になっていた。

やがて、目に強い光をたたえて言った。

「明日から、特別のメニューを組んでください。旅行もキャンセルします。次の大会では、絶対に優勝してみせますから」

磯野は部屋を出ていき、勢いよくドアを閉めた。その音を聞きながら、野々村は何とも複雑な気持ちでいた。

秋人の件は気にかかるが、磯野を放っておくわけにもいかない。まったくの勘違いではあるが、奮起してくれたのは何よりだ。あの意気込みがいつまで続くか判らないが、とりあえず磯野の関係者に連絡しよう。野々村はスマートフォンを取った。

十四

病院の救急専用待合室で、野邊浩介は何度目かのため息をついた。ここに坐っている二十分ほどの間にも、救急車のサイレンが聞こえ、ストレッチャーに乗せられた患者が廊下を運ばれてきた。

待合室の先には治療室へと通じるドアがあり、「許可のない者の立入りを禁ず」と書かれた札がかかっている。

ドアの向こうでは一刻を争う治療が続けられているのだろうが、物音は一切、漏れてこない。しんと静まり返った中で、野邊は拳を握り締めて坐っていた。

一般病棟からの連絡口が開いた。入ってきたのは福家である。

「警部補！」

福家の顔はいつもに比べやや青ざめており、歩く速度も速かった。

「高森さんは？」

野邊は立ち上がり、敬礼をした。

「応急処置は先ほど終わりました。怪我は大したことないようです。ただ、ショック状態にあり、入院が必要とのことです」

「面会できるかしら」

「主治医に事情は説明してあります。短時間なら構わないとのことでした」

「部屋に案内してくれる？」

野邊は先に立って歩きだした。福家が入ってきた通路を逆に進み、一般病棟に戻る。エレベーターで六階へ。

看護師の案内で、高森陽子の病室へ向かう。福家は終始無言だ。

「五分以内でお願いします」

看護師の声を聞きながら、病室に入った。

常夜灯の光に、白いベッドがぼんやりと浮き上がっている。そばの点滴台には黄色いパックがかかり、そこから伸びた管が陽子の細い腕に繋がっていた。

眉間に皺を寄せ、苦しげな表情で陽子は目を閉じている。福家は枕許に膝をつき、やつれた顔をそっとのぞきこんだ。

気配を察したのか、陽子が薄く目を開いた。かすかな光の揺らめきがあり、福家を認識したことが判った。

色を失った唇が、震えながら動く。やがて、かすれた途切れ途切れの声が聞こえた。

「……警部さん……私、悔しくて……」

かすかに持ち上げられた左手を、福家は優しく握り締めた。

「もう、どうしていいか、判らない……。あの人は、もういないし……私の言うことなんか、誰も……」

福家は何も答えず、手を握りながら、何度も小さくうなずいていた。

高森陽子の頰に少しずつ血色が戻ってきた。福家の手のぬくもりが伝わったかのようだ。

ふいに陽子が目を見開き、福家の手首を摑んだ。

「刑事さん、あの人は山になんて行ってません。自宅で殺されたんです！」

「高森さん、落ち着いて話してください。山へ行っていないとは、どういうことですか」

「洗濯物が洗濯機に放りこんでありました。あの人はいつも洗濯袋に入れて、浴室の脱衣所に置いておく。それを私が洗濯するんです。洗濯機に放りこんであったことなんて、一度もありません。刑事さん……私の言うこと……信じてくれますよね」

「ええ、もちろん」

「もう一つ……いま気がついたんですけど、あいつ、知っていたんです。私があの夜、あの人に電話したこと」

「電話？」

「私用の携帯電話に。いままで一度もかけたことがなかったんです。だってそうでしょう？ 私は……私は……」

「あまり興奮しないで。いまはゆっくり……」

陽子は激しく首を振り、福家に摑みかからんばかりの迫力で、言葉を継いだ。

「あいつ、私が番号を教えてもらっていることを知っていました。多分、あの着信を見たんだわ。たった一度しかかけていない、電話の着信……を……」

陽子の顔色が再び悪くなっていく。目の焦点がぼやけ、声もかすれがちになっていった。薬が効いてきたのだろうか。

「刑事さん……」

そうつぶやいて、陽子は眠りに落ちた。

福家は手をそっと元に戻し、掛け布団を直した。陽子が握り締めていた手首は、真っ赤になっている。

立ち上がった福家は、野邊の前を通り、廊下に出ていく。

ナースステーションで挨拶した後、福家はその横にある待合室に入るよう、野邊を促した。

「どういうことか、説明してくれる？」

声は低く、先まで青白かった顔は、ほんのりと朱に染まっていた。

報告を求められることは判っていたので、野邊は事前にまとめておいた内容を話した。

「四時間ほど前、マンションの五階から女性が飛び降りたとの報告がありました。管轄外の事案でしたが、服のポケットに自分の名刺が入っていたとのことで、連絡が来ました。姓名を確認したところ、高森陽子さんと判明しましたので、詳細を尋ね、福家警部補に連絡しました」

「いい判断だったわ。高森さんが飛び降りたのは、自宅マンションなのね？」

「はい。落下地点に植えこみがあり、奇跡的に軽傷で済みました。骨折もないとのことで、その気になれば明後日にも退院できるそうです」

「彼女が自分で飛び降りたことは、間違いないのね」

「はい。本人の証言もありますし、現場を調べた担当者も、間違いないと言っています」

「そう。ちょっと待っていてくれる？」

福家はこちらに背を向けると、スマートフォンをだしてどこかにかけ始めた。声を抑えているので、内容は聞き取れない。三分ほど話した後、福家は電話を切った。

「警部補、誰と話していたんですか？」

「知り合いの弁護士よ。腕利きなの。十分で来ると言っているわ」

「それはどういうことです？」

「しばらくここに残って、彼女のことを見ていてほしいの。署の方には私から言っておくわ。

弁護士が来たら、病室に通して。夫との件、きっちり解決してくれるから」

「それは構いませんが、警部補はどうされるんですか？」

天井の弱い明かりを受け、縁なしの眼鏡がギラリと光った。

「仕事を続けるの」

十五

狩が目を開けたとき、カーテンの隙間から朝の光が射しこんでいた。椅子から起き上がり、デスクの上に置いたスマートフォンで時刻を見る。

午前六時十五分だった。

昨夜はオフィスで溜まっていた雑務を片づけていた。徹夜するつもりであったが、知らぬ間に寝入っていたようだ。

狩は立ち上がり、大きく伸びをする。背中から腰にかけてが張っていた。もう若くはない。そう実感する瞬間だ。

自宅のベッドが恋しかったが、これからまた多忙な一日が始まる。眠気覚ましのコーヒーでも飲もう。狩は事務所に通じるドアへと向かった。こんな時間だが、誰かいるだろう。狩の会社には、早出をする者が多い。始業時間前に来て、極力残業をしないスタイルだ。

そのとき、控えめなノックが聞こえた。

反射的に「どうぞ」と答えていた。誰かが気を利かせて、コーヒーを持ってきてくれたのかもしれない。

ドアが開くと、コーヒーの香りが漂ってきた。それを手にしていたのは社の人間ではなく、福家だった。

「君は……」

福家は中に入ってくると、両手に持った紙製のカップをデスクに置いた。

「秘書の方におききしたら、会社に泊まられたとのことで」

「私の居所を捜すのは勝手だが、訪問にはいささか失礼な時間ではないかな」

「申し訳ありません。どうしてもおききしたいことが出てきまして……あ、コーヒーいかがですか。会社の前のお店で買ってきました」

「ありがたく頂戴するよ」

狩はカップを取り、熱いコーヒーを口に含んだ。ブラックの心地よい刺激が、頭を活性化させる。

「職務熱心だね、こんな早朝から走り回っているなんて。いったい何時に起きたんだね？」

「ご心配には及びません。寝ていませんので」

飄々《ひょうひょう》と言い放つ福家の髪は綺麗にとかれており、スーツにも皺一つない。いつもはやや右に傾いている眼鏡も、今日は水平を保っている。顔色もよく、寝不足を示すサインはどこにもない。

「大変なんだな」

「そうでもありません」

けろっとしてコーヒーを飲む女刑事は、摑み所がなく不気味だった。

狩は デスクの奥に回り、言った。

「それで、今朝は何の用かな」

「実は、中津川氏の件でいくつか疑問が出てきました」

狩は肩をすくめてみせる。

「またか。疑問疑問、君はそればかりだな。取るに足らないことにこだわりすぎているよ。いいかね、自然は人間の思い通りにはいかないものだ。経験や論理の通用しない世界なんだ」

「それはそうですが、たとえ大自然でも、人を消すことはできないでしょう?」

「どういう意味だ?」

「中津川氏は土曜日の早朝、倉雲岳に入り、ピークを踏み、下山途中、滑落したことになっています」

「なっていますも何も、それが事実なんだろう? たしか、入山口と小屋で目撃されたはずだ」

「はい。ただ、その途中が何とも曖昧なのです。入山を目撃した七人のパーティは、中津川氏から三十分ほど遅れて歩き始めました。高齢の方もいた関係で、ペースはかなりゆっくりだったそうです。中津川氏が小屋で目撃された時刻、彼らは標高一五〇〇メートル地点にいました。そこから計算すると、一六〇〇から一七〇〇メートル辺りで七人と中津川氏はすれ違うことになります。ですが、そうした証言は得られていません」

その質問が来ることは予想していた。

「あのルートは、常に樹林の中を歩くことになる。だが、少しルートを外れると、意外な展望を得られる場所が少なくない。むろん、ガイドブックなどには出ていないがね。中津川さんは、あの山域に詳しかった。そうした展望ポイントに寄りながら下山したのだろう。だから、登ってくるパーティとは行き違ったのだよ」

「なるほど」

福家のことだ、展望ポイントの存在も調査済みなのだろうが、執着も見せず軽くうなずいた。そのことが、狩をさらに緊張させる。いまのは様子見の一手にすぎない。本命はこの後に来る。

「実は、見ていただきたい写真がありまして」

「またかね」

福家はバッグから写真を二枚、取りだした。一枚目には、登山靴の底がアップで写っている。ひと目で中津川のものと判った。二枚目はポール先端のアップだ。

「これは中津川さんのものだな。靴とポール」

「さすが、よくお判りですね。どちらにも泥や砂が付着しています」

「当然だろう。倉雲岳に登った後なんだから」

「靴底と杖、それぞれについていた泥や砂を分析してみたのです」

「ほほう」

「すると、それぞれの成分がかなり違うことが判りました。おかしいと思いませんか？」

「どうおかしいんだ？」

「杖からは小石や泥など、倉雲岳山域の土壌成分が検出されました。ですが、靴底には砂礫や湿った土しかついていません。中津川氏がこの靴を履いてピークまで行ったとしたら、杖と同じ状態にならなければおかしいのです。これでは、杖だけがピークに行ったように考えられます」

狩は鼻の頭を指でこすりつつ、しばし、考える時間を稼いだ。

「事故当日は雨だった。靴底の土は下山途中に落ちてしまったのではないかな？」

「私は現場検証で、小屋までは登っているのです。そのときの靴底を検査してもらいました。やはり、杖と同じ結果が出ました。どう考えても、中津川氏の靴底は変です」

「そうは言っても、中津川さんのときと君のときでは、条件も違う。そもそも、君はこの件で何を証明したいのだね」

「中津川氏はピークには行っていない。滑落は下山途中に起きたのではないと考えたらどうでしょう」

「何？」

「滑落がもっと早い時間に起きていたとすれば、この謎は解けます」

「馬鹿も休み休み言いたまえ。小屋での目撃談はどうなるんだ。まさに幽霊話じゃないか。第一、彼のザックには登頂記念のカードが入っていたのだろう？」

「小屋のご主人にきいたところ、姿はたしかに目撃したけれども、顔まではっきり見たわけではない、とのことでした」

「それはつまり……」

狩は顎に手をやりながら、福家の目を見つめた。

「小屋に来たのは中津川さんではないと？」

「その可能性はあります」

「可能性か」

狩は笑って腕を組む。「では、本人である可能性もあるわけだ」

「実はもう一点、着信記録の問題があるのです」

「まだ続くのかね」

「もうしばらく、ご辛抱ください」

福家はバッグからクリップで留めた紙の束をだす。

「これは、中津川氏所有のスマートフォンの着信履歴です。滑落の衝撃で完全に壊れてしまったのですが、履歴は確認できました。それによると、金曜の夕方、友人から二本の着信があり、きちんと応答されています。ところが、金曜の午後十一時以降、応答が途絶えます。その後にかかってきた、秘書の高森さんからの電話には応答していません」

「それは当然だろう。その時間、中津川さんは倉雲岳に向けて運転中だったのだ。携帯をザックに入れていたら、着信に気づかないことは考えられる」

「ならば、駐車場に到着したとき、なぜかけ直さなかったのでしょう?」

狩のさらなるミスだった。電波は通じないものとして計画をたてていた。高森陽子の着信を見たとき、どうしてそこまで頭が回らなかったのか。

福家は続ける。

「土曜日の午前中に秋人さんから一本、その後、友人から二本の電話が入っています。中津川氏は、一度も応答していません」

「確認を忘れただけだろう。だが、着信と今回の件にどんな繋がりが……ああ、そうか、君は中津川さんの登山は偽装だと推理している。着信に応えなかったのは、そのとき既に死んでいたからと言いたいわけだ」

「その可能性は高いと思います」

「また可能性だ。すべては情況証拠の積み重ねにすぎないと思うが」

福家は何も答えず写真を回収し、バッグに入れる。入れ替わりに、いつもの手帳を取りだした。

「そもそも、中津川氏は山へ行く気だったのか」

「何だって?」

「洗濯機の中の服——」

狩は苛立ちに負け、拳でデスクを叩いた。

「いい加減にしたまえ。君の話は、まったく要領を得ない。これでも私は忙しいのだ。昨夜もほとんど寝ていない」

「中津川氏は、洗濯物を専用の袋に入れておく習慣だったそうです。ところが、今回に限って洗濯機内に放りこんであったとか」

「それはもしかして、高森陽子の証言かね。福家さん、君はどうもあの女に肩入れしすぎのように思えるね。刑事たるもの、もっと客観的な見方をしてほしいな」

「畳み方の異なるウェア、切ったままのカーナビ、汚れていない軍手——。中津川氏が自分の意思で倉雲岳に登ったのではないのなら、それらの疑問がすべて解けます」

「登る気のない者が、どうして山で滑落するんだ?」

「何者かによって運ばれたからです。中津川氏は別の場所で殺害され、その後、倉雲岳に運ばれたのです」

「それは机上の空論だ。中津川さんは小柄とはいえ、五十キロは優にある。力の抜けた人の体は想像以上に重いものだよ。それを担いで、倉雲崩落痕まで運ぶなんて……」

「不可能ではないと思います。チャムガランガの奇跡。実際あなたは、七十キロ近い男性を担ぎ、死の淵から生還されている」

「あれは、火事場の馬鹿力というものだ」

福家は人差し指をたて、一語一語を区切りながら言った。

「でも、不可能ではない」

狩は福家に背を向けた。外は久しぶりの晴天らしい。窓越しに、鳥のさえずりが聞こえた。

「君の推論が正しかったとして、そのようなことができる人間は、かなり限られてくるね」

「ええ。中津川氏と体格が比較的似ており、なおかつ遺体を担ぎ上げるだけの体力を有する者」

「つまり、私というわけか」

福家は答えなかった。

「倉雲岳の件が偽装だとして、中津川さんはいつ、どこで殺されたと考えているのかね？」

「高森陽子さんの証言などから考えて、金曜の夜、殺害場所は自宅」

「自宅の捜索はもうやったんだろう？」

「はい。いまのところ、収穫はゼロです」

狩は振り返って、福家を見た。

「君が言うところの偽装が本当にあったとしよう。その後、犯人は中津川さんに扮し、倉雲岳に登っている。何のために、そんなことをしたのだ？」

「滑落時間をごまかすためだと思います。犯人は入山する姿をわざと人に見せています」

「そこから逆算すれば、おおよその滑落時間を特定できるわけだな。それなら、わざわざピークまで行くことはない。人目につかぬよう下山してしまえばいい」

「往路ではなく、復路で滑落したと思いこませたかったとしたら、どうでしょうか。だからこそ、入山時と同じく、小屋の主人にわざと姿をさらしたのです」

「そんな面倒なことをする意味は何だね？」

「アリバイ作りです。状況だけを見れば、中津川氏は土曜の午後に滑落したことになります。犯人は、その時間帯前後に確固たるアリバイを用意しておけばいいわけです」

「君は私のアリバイを当たってみたかね」

「はい。自宅に一人でいらしたと」

「つまり、アリバイはないわけだ」

狩は声をあげて笑った。「何とも妙な具合じゃないか。第一容疑者にアリバイがない。本来なら勢いづくところだろうが、いまの話を聞くと展開はまったく逆になる。私が犯人なら、どうしてアリバイがないのだね？　変装して山に登るなどという、面倒なことをしたにもかかわらず」

福家が無言で目線を外した。向こうから目をそらすのは、出会って以来、初めてのことだ。

「君はたしかに有能な刑事だ。山に関する造詣も深い。だが、残念ながら、君は能力の使い方を間違えている。なまじ有能で山に詳しいから、見当外れの方向を向いているんだ」

福家はパタンと音をたてて手帳を閉じた。狩はささやかな勝利を心の内で味わっていた。

「お引き取りいただけるかな、福家さん」

福家の目が、デスク上の写真立てに向く。狩と秋人が並んでいる写真を見つめながら、

「あなたと秋人さんは、よく似ておられますね」

「そりゃあ、親子だからね」

「身長も体重も、ほぼ同じくらいですね」

「何が言いたい？」

「中津川氏と体格が似ており、なおかつ遺体を担ぎ上げる体力のある者は、あなただけではないことになります」

狩の心にさざ波がたった。感情はフラットであるべきだ。コントロールできる自信はあったが、一度起きた波紋は、少しずつ広がっていく。

「それはどういう意味だ？」

気づいたときには、大声で怒鳴りつけていた。

「君は私だけでなく、息子まで疑っているのか。いったい、どこをどう考えれば、そんな馬鹿げた結論に……」

「中津川氏は遠征への援助を打ち切るつもりだったという噂があります。秋人さんも、どうやらその件を知っていたらしい。動機はあったことになります」

「噂だと？　君は噂を根拠に、息子を犯人扱いするのか。いい加減にしろ。もう、こちらの我慢も限界だ。君のことは上司に報告させてもらう。むろん、弁護士とも協議する」

だが、福家にはこたえた様子もない。

「秋人さんのアリバイですが……」

「そんなことも調べたのか？」

「はい。ジムのトレーナーの方に、金曜から土曜にかけての行動を聞きました。それによれば、秋人さんは金曜夜から一人で山に入っています。下山されたのは土曜の午前。その後は、夜までほぼ完璧なアリバイがあります」

ここに至り、狩も幾分、冷静さを取り戻した。

「つまり君は、秋人が金曜の夜に中津川さんを殺し、山にいると見せかけ、その間に遺体を倉雲岳に運び、滑落事故の偽装をしたと？」

「その可能性はあります。秋人さんは運転免許をお持ちです。レンタカーを使えば、往復も可能です」

「では、中津川さんの扮装をして小屋に現れたのは、いったい誰なんだ？」

福家は言葉に窮しているようだった。いまこそ、忌々しい刑事を叩きのめす時だ。

「まったくもって、どうしようもない刑事だな。思いつきだけで推理を展開し、結局は袋小路に踏みこんでいる。君の言う偽装工作が本当にあったのなら、秋人にはアリバイがある。一方、もし私が犯人ならば、そんな偽装をすることはまったく無意味だ」

「犯人に最初からそのつもりがあったのかどうか、判りません」

福家の口調は、いつもと変わりがなかった。摑み所がなく、先が読めない。

今度は、こちらが窮する番だった。

「それは、どういうことかね？」

「犯人がなぜ、変装してまで滑落時間を確定させたかったのか。それは、誰かを守りたかったからではないでしょうか」

「守るだって？　何を馬鹿な」

「犯人には、殺害を先延ばしにする時間がなかった。例えば、被害者が犯人にとって不利な提案を会議にかけようとしている。月曜まで待っていたら、決議がなされてしまう。そこで、犯人は金曜の夜に殺害を実行します」

狩は口を挟むことができなくなっていた。自分のたてた計画が、他人の口から語られている。

「問題はまだあります。第一点、遺体がすぐに発見されれば、会議そのものが中止になってしまう。犯人は、できるだけ早く議決を得たかった。議決権者の中には、被害者と同じ考えを持つ者もいました。時間がたてば、事態が悪い方に流れかねない。第二点、金曜の夜は、犯人にとって大切な人物にアリバイがない。事故に見せかける計画が頓挫し、警察の捜査が始まった場合、その人物にも疑いの目が向いてしまう」

狩は動揺を覚られぬよう気をつけながら、デスクに片手をついた。吹き出た汗で、シャツが背中にへばりついているのが判る。

それでも、気力は萎えていなかった。まだだ。まだ撤退を決める時ではない。

「犯人は金曜深夜に遺体を山まで運び、滑落したように偽装します。これにより、遺体の発見は遅れます。月曜の会議まで遺体が見つからなければ、望む議決は得られます。第二のアリバイに関しても、滑落時間を錯覚させて、警察の目を欺くことができる」

福家はようやく言葉を切った。彼女の目は、狩に据えられている。

狩はデスクから手を離し、しっかりと両足で立った。

「それだけかね？」

福家は、こちらの計画をほぼ見抜いている。だが、仮定の上に語られているにすぎない。

「実に興味深い話だったよ。山を愛する者にとっては、やや不快な内容だがね」

狩はドアを指さした。

「お帰りいただこうか」

福家はぺこんと頭を下げると、こちらに背を向けた。狩は気を抜かず、相手の不意討ちに備えていた。

福家は、一度も振り返ることなく、ドアの向こうに消えた。

ドアが閉まった後も、狩はしばらくその場に立っていた。

緊張を解いたのは、福家が出ていって五分以上たってからだった。さすがに疲労を感じたが、気を抜いている暇はない。上着と車のキーを取り、狩もオフィスを後にした。

十六

ジムの地下駐車場に車を入れ、従業員用の直通エレベーターに乗った。これを使えば、客のいるジムを横切ることなく、野々村のオフィスに行くことができる。前もって知らせておいたので、エレベーター前に野々村が緊張の面持ちで待機していた。

「お待ちしておりました」

狩は顎を引いたまま、低い声で言った。

「秋人は？」

「私の部屋に」

向かおうとした狩の前に、野々村が立った。

「あのぅ、秋人君は動揺しています。いまはお会いにならない方が……」

「どけ」

狩は右腕一本で、野々村を押しのける。八十キロを超える野々村の鍛えあげた体も、どうということはない。

不意を衝かれたせいもあるが、野々村は廊下の壁に叩きつけられ、痛みに顔を歪めた。

狩は大股で廊下を進み、ドアを開けた。

書類や本が積まれた雑然とした部屋の隅に、秋人は立っていた。薄く開いたカーテンの隙間から、外の様子を見ていたらしい。

「秋人」

こちらを向こうとはしない。居心地悪げに、床の一点を見つめている。

「どうした、秋人。トレーニングは休んでもいいと言っておいただろう」

背後でドアの開く気配がした。野々村の硬い声が響く。

「狩さん、秋人君ですが……」

「君は黙っていろ」

「しかし……」

「これ以上、一言でも発すればクビだ」

狩は秋人に近づく。

「中津川さんのことはショックだったろう。良き理解者だったからな」

秋人は反応しない。いつもの快活さ、大らかさは影を潜め、何かに怯えるように肩をすぼめている。

どうしたことだ……。

秋人の反応は、狩にとっても意外だった。中津川の死は秋人に多少の衝撃を与えはするだろう。だが、数日、いや一晩もすれば忘れてしまえると考えていた。

秋人は中津川を慕っていた。身内の少ない秋人にとって、中津川は実の伯父のような存在だったのだろうが、こと山に関して、ヤツは素人だった。

秋人には父親である自分がいた。山の仲間だっている。海外遠征で苦楽を共にしてきた仲間が。

それがいったい……どういうことだ。

「秋人、おまえは疲れている。今日一日、家に戻ってゆっくり休め」

自然と声が荒くなっていた。

秋人はこちらに背を向けたまま動かない。

「秋人、聞こえているのか？　遠征を控え、いまはおまえにとって一番大事な時だ」

「僕にとって？」

秋人が言った。いままで聞いたこともない、か細く、弱々しい声だった。

「大事なのは、父さんにとってだろう。僕は、いや、僕らは関係ない」

「おまえ、いったい何を言ってるんだ？」

二人の間に、野々村が割りこんだ。

「秋人、もうやめろ」

その介入は逆効果だった。秋人の頰にさっと赤みがさし、血走った目を狩に向けた。

「いつだってそうじゃないか。父さんは、自分の夢を僕に押しつけているだけだ。いい加減にしてくれよ」

「おまえ！」

狩は秋人に摑みかかった。止めに入った野々村を振り払おうとしたが、野々村の体はまったく動かない。

「どけ！」

「狩さん、もうやめてください」

その間も、秋人の叫びは続いていた。

「僕、何のために山に登るのか、判んないよ。未踏峰なんて、登りたくない。人がいっぱい死んでいるし……怖くて……」

秋人、もうやめてくれ。もう……。

「僕の話を聞いてくれたのは、中津川さんだけだった。あの人だけだった……」

騒ぎを聞きつけ、従業員が数人、駆け寄ってくる。

野々村に連れだされた狩は抵抗をやめ、体の力を抜いた。呼吸が乱れ、胸が苦しい。

「もういい。離してくれ」

両肩を押さえている野々村の手を、そっと外した。

野々村は従業員を下がらせ、低い声で言った。

「秋人君は動揺しています。落ち着くのを待って、話をしてみましょう。遠征チームにも招集をかけます。気心の知れた者だけで……」

狩は手を挙げて、野々村の言葉を遮った。

「判った。君に任せるよ」

自分でも驚くほど、力のない声だった。

「狩さん」

「秋人のことは何でも判っているつもりだったが……」

「少しだけ時間をください。秋人はナーバスになっているだけです。出発が近づくと、いつもあんな感じになるんです」

初耳だった。秋人はいつも明るく前向きで、泣き言を漏らしたりしなかった。

父親には見せない顔があったわけだ。

ヤツには、すべて見せていたのだろうか。自分の弱さをさらし、泣き言もためらうことなく漏らしていたのだろうか。

中津川に対する新たな怒りがわいてきた。これまでとはまったく質の異なる、深くて暗い、自分でも嫌悪を覚えるほどの怒りだった。

「私は口だししない方がよさそうだな。君たちに任せるよ」

「ありがとうございます」

狩は閉じたままのドアを見つめた。

秋人、まだ終わったわけではないよな。やり直すことはできるだろう?

十七

車の後輪が横滑りを起こし、狩ははっと我に返った。ブレーキを踏み、車を止める。ハンドルを強く握り締めていたので、指の先が白くなっていた。

怒りに駆られ、ここまで猛スピードで飛ばしてきた。信号を無視し、トラックにクラクションを鳴らされた。無理な左折をして、歩行者に怒鳴られたことも覚えている。シートベルトもしていなかった。警官に止められることもなくここまで来られたのは、まさに奇跡だ。シートにもたれ、狩は感情を抑えようと努めた。このまま乗りこんだら、向こうの思うツボではないか。

狩はゆっくりと車をスタートさせた。カーブの多い道だ。もはや通い慣れた道と言っていいだろう。登りきると中津川の屋敷だ。駐車スペースに、二台のパトカーが駐まっていた。門の前には制服警官が立っており、横目でこちらをうかがっている。

狩は駐車スペースに車を入れず、パトカーの鼻先を塞ぐように横づけした。

車を降り、大股で警官に近づいた。

「福家警部補に会いたい。ここにいることは判っている」

無表情の警官は狩の顔を一瞥すると、「どうぞ」とだけ言った。

狩は自ら門を開ける。玄関の前には誰もいない。勝手に開けて、敷居をまたぐ。廊下にも人はおらず、屋内はしんと静まり返っている。

「福家警部補！」

どこかで、コトリと小さな音がした。狩はもう一度、声を張りあげた。

「福家警部補！　話したいことがある」

応答はなかった。靴脱ぎに立ったまま、狩は耳を澄ます。

間もなく廊下奥のドアが開き、福家の小さな顔がのぞいた。

「狩さんですか。どうぞ、上がってください」

狩は靴を脱ぎ、足音も荒く廊下を進んだ。

福家がいたのは、まさにあの夜、中津川がいた部屋だった。

狩は部屋に入る。あの日とほとんど何も変わっていない。違いといえば、中津川が使っていた山の道具が集められていることくらいか。

床にエアマットやガスコンロが置かれ、衣類などは段ボール数箱に詰めこんである。

壁際に、紐で束ねられた杖が転がっていた。登山靴、カメラ、ザックなども散らばっている。

「これはどういうことだ？　故人が大切にしていた道具だぞ」

福家は「申し訳ありません」と頭を下げる。顔色は青く、憔悴している様子だ。

狩は部屋の真ん中に進み出る。

「先ほど弁護士から連絡をもらった。秋人を逮捕したそうだな」

福家が言った。

「とんでもない。おききしたいことがあって、任意で来ていただいたのです」

「弁護士によれば、半ば強制的に連れていかれたとのことだが」

「おそらく、どこかで誤解があったのだと思います。こちらとしても捜査の必要がありますので」

「つまり、秋人が容疑者だということか」

それについて、福家は無言だった。

「いいか、秋人にはアリバイがあるんだ」

「それはどうでしょうか。彼にアリバイがあるのは、中津川氏に変装し、倉雲岳を往復したという事後工作の部分だけです。中津川氏が殺害された金曜深夜にはアリバイがない。事後工作に関しては、共犯者がいるとの見方もできます。秋人さんを容疑者と考えるのは当然だと思いますが」

「馬鹿なことを。では、共犯者が誰か、判っているのかね？」

「いいえ、そこまではまだ」

「いつもこれだ！　あんたは細かな部分にばかりこだわり、あれこれ妄想めいた推理をして、人を容疑者に仕立て上げる。秋人を容疑者とするなら、せめて共犯者の存在を立証してからにしたまえ」

福家は怯む気配もない。

「そのためにも、秋人さんからお話を聞きたいのです」

「あんたのやり方は判っている。警察署に閉じこめ、厳しく責めたてるんだ。そして自白を取る」

「いまの警察が、そんなことをするわけがありません」

「話にならん。いますぐ秋人を解放しろ」

「解放も何も、身柄は拘束していませんので」

「いいか、今度という今度は容赦しないぞ。秋人はどんなことをしても守る」

「秋人さんには明確な動機があり、遺体を担ぎ上げる体力もあります」

「動機というのは、スポンサー契約のことか。中津川さんが降りるなんて、根も葉もない噂にすぎない」

「スポンサー契約の解除を中津川氏がほのめかしていたと証言する役員がいます」

「役員の証言など取るに足らん。中津川さんはワンマン経営者で、自分の真意を他人に明かすことはほとんどなかった。たとえ役員相手でもな」

「一方で、秋人さんは、未踏峰に対する、あるいは山そのものに対する意欲を失いかけていたとの噂も……」

「でたらめだ。未踏峰挑戦は、秋人自身の夢だ」

「本当に?」

「ああ、間違いない」

「野々村トレーナーが経営しているジムの従業員によれば、秋人さんは『俺が中津川さんを殺したんだ』と言っていたとか」

「いや、それは……」

「実を言うと、私も聞いたのです。ジムの待合室にいるとき、トレーナーとの会話が耳に入りました」

「中津川さんを山に引きこんだのは秋人だ。あいつはそのことで責任を感じている。だから、そういう表現になったんだろう」

かろうじて保っていた冷静さが、怒りに取って代わられていくのを感じていた。止めようとしても止まらない。

「いったいどういうつもりだ？　秋人の証言の一部だけを取り上げ、自分勝手な解釈を加えていく。冤罪というのは、そうやって作り上げられるものじゃないのか？　とにかく、秋人は無関係だ。すぐに解放してもらおう！」

「お怒りになるのは判りますが、こちらとしても、手順を踏んで行っていることなのです。秋人さんには、動機も機会もあった」

「だが、一番肝心なものが欠けているじゃないか。証拠だ！」

「そこなのです」

福家は人差し指をたて、狩と目を合わせた。

「私たちは証拠を見つけました」

「ほほう、いったいどんな？」

「現場にあったトレッキングポールから、秋人さんの指紋が検出されました」

「そんな馬鹿な」

「冗談でこんなことは言いません。鑑識からの報告です」

狩は犯行の一部始終を思い返していた。そんなはずはない。秋人の指紋が入りこむ余地など、どこにもなかった。

「その件について、秋人は何と言ってるんだ？」

「あのポールは、自分が中津川氏にプレゼントしたものだと」

「何だって？」

福家は表紙のすりきれた手帳を取りだし、ページをめくった。真ん中辺りで手を止め、読み上げる。

「中津川氏が遠征のスポンサーを降りると聞き、ショックを受けた。だがそれ以上に、氏が山をやめると言ったことが残念でならなかった。だから、山を続けてほしいという願いをこめ、金曜日の午後早くに中津川氏宅を訪ね、ポールを贈った」

手帳を閉じ、福家は顔を上げた。その目は「どうです？」と狩に語りかけていた。

狩は地面が揺らいでいるかのような目眩を覚えていた。自分の信じてきたものが、脆くも崩れていく。

金曜日に一本だけ売れたポール。置き忘れられたサングラス。どうして気づかなかったのか。秋人はあの店でポールを買い、中津川に手渡したのだ。

「秋人さんによれば、中津川氏は大変喜んで、赤い布をポールに巻いたそうです」

死の直前、中津川が指さそうとしたもの、それはポールだったのだ。自分自身は山をやめるつもりであったが、秋人の気持ちを受け入れたことを示すべく、その場で赤い布を巻いたのだろう。それを、俺は選んでしまったわけか……。

「秋人の言うことが本当なら、指紋の説明はつく。『自分が中津川を殺した』という発言もそうだ。自分がポールを贈らなければ、中津川は山をやめていた。つまり、山で死ぬことはなかった、と考えた。あいつはその責任を……何てことだ」

秋人は中津川の決断を知っていた。知っていてなお、中津川を頼り続けた。実の父親ではなく、赤の他人に心を開いた。

いったい、俺が守ろうとしていたものは何だったのだろう。

自分がどちらを向いて進むべきなのか、判らなくなっていた。

そんな狩の前で、福家は淡々と言葉を継いでいく。

「秋人さんがポールを買ったことは確認が取れています。ただ、それはあくまで、動機を隠蔽するための工作という見方もできるのです。何より、自供とも取れる証言があり、アリバイもなし。この家からは、彼の指紋が数点、検出されています。さらに言えば、ポールをプレゼントするという名目で家に上がりこみ、凶行に及んだとも考えられるのです」

狩は福家を見つめた。杖、指紋、「自分が殺した」と言ったこと、それらを使えば、秋人を窮地に追いこむことができる。だが、この刑事には、実行に移す気などない。これはすべて……


「もういい。もういいよ、福家君。私は秋人の父親として、すべきことをしよう」

「と言いますと?」

「自供するよ。秋人はやっていない。中津川は私が殺した」

福家は手にしていた手帳をポケットに納めると、どことなく悲しげな風情で小さくうなずいた。

「君が連行するのかね?」

「いえ。外に誰かいると思います」

「一つ頼まれてくれないか。秋人に伝えてほしい。中津川の死は秋人のせいではない。中津川はどちらにせよ、山をやめるつもりだった。秋人の贈り物は、彼の死に何の関係もないと」

「判りました」

「あいつへの償いになるとは思わないが、わずかでも気持ちは楽になるだろう」

福家は何も答えなかった。

顔を上げると、壁の写真が目に入った。青空をバックに中津川と秋人が写っている。

二人の笑顔を見ていることができず、狩は目を伏せた。

幸福《しあわせ》の代償

一

佐々千尋《さっさちひろ》はブロック塀に身を寄せつつ、二階建てのアパートを見上げた。二階、一番手前の部屋に明かりが点っているのを確認する。

時刻は午後十時を回っていた。冬晴れの空には星が瞬き、ぽっかりと浮かんだ月は、街灯もない路地をぼんやりと照らす。

車を駐めた場所を振り返った。軽のワンボックスは、生い茂る空き地の雑草に隠れ、道路側からはまったく見えない。

千尋はコートの襟をたて、歩きだした。ときおり吹きつける北風が肌を刺す。手袋をしていても、指先がかじかんでくるほどだ。

右手に持った犬運搬用のケージが、ガタガタと震えた。防寒用にくるんだ毛布の上から、千尋はそっと声をかける。

「ごめんね。すぐ、終わるから」

空き地と畑が広がる寂しい場所だ。点在する民家に注意を払いながら、歩き続けた。

一分ほどで小川に出合う。かすかな水音が聞こえる。川面は闇に包まれ見ることはできない。小さな石橋を渡り、先を急ぐ。

五分ほどで、目的の建物が見えてきた。四方を畑に囲まれた、コンクリート造りの二階屋だ。小さく見える窓から光が漏れていた。

千尋は足を速める。建物までは、車一台がやっと通れるほどの細道が続く。

ケージがまた揺れた。こちらの不安を感じ取っているのかもしれない。

「ごめんね。もう少しだけ、辛抱してね」

建物の一階は車庫になっており、いまはシャッターで閉ざされているが、脇にある鉄の扉から出入りできる。

千尋は扉の前に立ち、壁に埋めこまれたインターホンを押す。一回、二回。応答はない。不安になり、二階の窓を確認する。間違いなく、明かりはついている。

三回目、ようやく応答があった。

「何だ、早かったな」

「十時過ぎに来いと言ったのは、そっちよ」

「犬は連れてきたか?」

「ええ」

「覆いを取って、ケージをカメラに向けろ」

千尋は、インターホン横にあるカメラレンズを見つめた。

「用心深いのね」

「商売柄な」

毛布を取り、ケージをレンズの前に掲げる。中にいるミニチュアダックスは、急な寒さと見知らぬ場所に怯え、くーんと悲しげな声で鳴いた。

「よし入れ」

錠の外れる音がして、扉がゆっくりと手前に開いた。とたんに、ヒステリックとも言える甲高い犬の鳴き声が響いた。

千尋はケージに毛布をかけ直し、中に入った。

車三台が並んで駐められるほどのスペースがある。明かりは、天井からぶら下がった裸電球が一つだけ。空間のほとんどを闇が占め、灯油の臭いが、かすかに鼻を衝いた。

千尋はケージを床に置き、右手奥に向かって立つ。薄暗がりで、茶色いラブラドールレトリバーが口から唾を飛ばしながら吠えていた。

目が慣れるにつれ、犬の置かれている劣悪な環境が明らかになってきた。

犬は、地面に打った鉄パイプに鎖で繋がれている。餌皿は空で、水用の皿はひっくり返ったままだ。傍に鉄製の檻が積み上げてあり、周りに糞が散らばっていた。

千尋は肩の力を抜き、犬と向き合った。ゆっくりと右手を前にだし、開く。犬がぴたりと吠えるのをやめた。

千尋は犬と目を合わせながら近づく。伸ばした右手で頭を撫で、そっと全身で包みこんだ。ラブラドールレトリバーは、くんくんと鼻を鳴らし、千尋にもたれかかるような姿勢を取った。

「さあ、もう大丈夫。私が来たんだから、安心してね」

身を離すと、犬はリラックスした表情で、床に坐りこんだ。頭をもう一度優しく撫《な》でると、千尋は立ち上がった。

ケージを手に、ゆっくりと鉄製の内階段を上っていく。上りきったところには、磨りガラスのはまったドアがある。手袋をした手でノブを回すと、湿気を含んだわずかな暖気と灯油のきつい臭いが千尋の鼻を刺激した。ケージ内のミニチュアダックスが激しく動く。

二階部分は、フローリングのワンルームになっていた。空の酒瓶やゴミ袋が無造作に置かれ、パイプ製のシングルベッドと古びた石油ストーブが部屋の真ん中を仕切るように据えてあった。壁にエアコンが設置してあるが、稼働していない。

ストーブの上には黒く汚れた薬罐《やかん》が置かれ、盛大に湯気を噴きだしている。湿気を帯びた部屋の空気は、それが原因だ。

折畳み式のテーブルと椅子の向こうにはバス、トイレに通じるドア、その対面《トイメン》には流しとコンロがあった。

千尋の立つドアの脇には洋酒の並ぶキャビネット、その上に金色に輝く犬の像があった。四角い台座にはやはり金文字でWINNERと刻まれている。

「こんな恰好で、失礼するぜ」

白のバスローブを着た佐々健成《たけなり》が、バスルームから出てきて、ストーブの前へ行く。髪は濡れ、頰が上気している。

顔立ちは悪くない。顎がゆるみ始めてはいるが、腹はしっかりと抑えられている。常に挑戦的な目の輝きと、人を見下したような笑みは、初めて会ったころから変わっていない。

千尋はコートを脱ぐ。手袋はさりげなく外さないままでいた。

健成が言った。

「しかし、姉さんもひどい恰好だぜ。何だよ、そのパーカー、サイズが合ってないんじゃないの？　一回り大きいサイズでなくちゃ……」

「服の話なんてどうでもいいでしょう。さっさと片づけちゃいましょうよ」

「へいへい。じゃあ、犬、見せて」

千尋は、ケージを包む毛布を慎重な手つきで取っていった。犬を驚かせてはならない。

「早くしろよ」

健成の声を耳にしながら、ケージを両手で持った。中のミニチュアダックスは不安げに鼻を鳴らし、救いを求めるように、黒い目で千尋を見た。

ごめんね。心の中で何度も繰り返しながら、千尋はケージを健成に差しだした。だが、相手は近づいてこない。

「だせ」

「え？」

「犬をだせ。そんなもんの中にいたんじゃ、よく見えない」

「だったら近づいて見ればいいじゃない。こんな場所で犬を放すなんて無理よ」

「おいおい、自分の立場を忘れたのか？　あんたが命より大切にしている店、生殺与奪の権は俺の手にあるんだぜ」

千尋は奥歯を噛み締める。こんな男に従いたくはないが、ここで意地を張っていては計画そのものが瓦解しかねない。

「せめて、リードをつけさせて」

「ダメだ。早くだせ」

閂《かんぬき》を外し、ケージ前面の扉を開いた。犬は動こうとしない。やはり不安そうな目で見上げるだけだ。

行きなさい。

軽く揺すると、振動に驚いた犬は、するりとケージを抜けだした。

「よーし、なかなかいい犬じゃないか。これならクライアントも一発オーケーだろう」

満足げに微笑む弟を横目で睨《にら》みながら、千尋はストーブのスイッチを切った。そして、自分のハンカチで薬罐の取っ手をくるみ、持ち上げた。

健成はその行動を唖然とした表情で見ている。

「何やってんだ？」

テーブルの上に薬罐を置くと、言った。

「犬がストーブに当たるかもしれない。その衝撃で薬罐が落ちるかもしれない。犬が火傷したらどうするの？」

健成はうんざりした様子で、顔を顰《しか》めた。

「そんな神経質になることないって。たかが犬じゃないか」

「どうしてエアコンをつけないわけ？」

「壊れてんだよ。仕方ないからストーブ借りてきたんだ」

喋りながら、ベッド脇のカラーボックスに近づく。ボックスの上に犬用ジャーキーのパックがあり、その横にはコンビニの袋があった。中から、ペット用消臭剤の瓶がのぞいている。

ブリーダーのくせに消臭剤だなんて……。千尋の胸に新たな怒りが燃え上がった。

ジャーキーの袋を開けた健成は、一切れを手にして犬と向き合った。

「そら、食え」

餌を突きだす。だが、犬は一歩も動かない。

「そんなもの、食べないわよ」

「なに言ってやがる。犬舎にいる犬どもは大喜びで食らいつくぜ」

「普段からやっている餌が違うの。お腹が減っていても、この子は食べない」

実際、ミニチュアダックスは、健成の餌にまったく興味を示さない。

舌打ちをした健成は、ジャーキーを戻した。

「かわいくねえ。まあいい。ちょいと、毛並みを確認させてもらうぜ」

大股で真正面から犬に近寄る。

「ダメ、そんなに急に近づいたら……」

止める間もなかった。恐怖を感じた犬は、逆に低いうなり声をあげ、健成に飛びかかった。

「うおっ」

犬の牙はロープの太もも辺りに食いこみ、ビリビリと生地を裂いていく。

「この野郎」

健成は、拳で犬の頭を叩いた。甲高い叫びをあげ、犬は床に落ちる。

健成は無残に裂けたロープをひるがえし、犬を蹴り飛ばそうと足を上げた。

「やめて！」

千尋は健成と犬の間に割りこみ、小さな体を抱きかかえた。

健成は千尋に当たる寸前に足を止め、蔑んだ目で見下ろしながら、ふんと鼻を鳴らした。

「そんなに犬が大事なのかよ」

千尋は犬をそっと抱き締める。恐怖と興奮で、犬の体は小刻みに震えていた。

「大丈夫、大丈夫よ」

耳許にささやく。

背後で、健成の声がする。

「犬に喋りかけて、どうなるわけでもねえだろ。動物だぞ」

犬をケージに戻し、しっかりと閂をかける。

千尋は、健成に背を向けたまま言った。

「約束は果たしたわ。土地の件、少し待ってくれるわね。いまやっている事業からも手を引いて」

「土地の件？　事業から手を引く？　何だっけそれ」

ローブの破れた箇所を確認しながら、健成が答える。

「まじめに答えなさい！」

健成の顔から表情が消え、虚ろな目が千尋を見据えた。

「悪いな、姉さん。あの土地は売るよ。ブリーダーから手を引くつもりもない。けっこうな儲けになってるんだ。借金も返せそうだし。あの土地を売って、商売を広げようと思ってね。いまは埼玉に犬舎が一軒あるだけだけど、そこを引き払って別のところに移ろうと思ってるんだ。倍の規模にして、ガンガン儲けるのさ。ショップもオープンさせる。育てた犬をそこで売るんだ。犬の産地直送さ」

健成はしゃがみこみ、ローブの裾を見つめている。

「これ、もうダメだな」

千尋はキャビネット上の像を手に取った。犬の部分を持ち、台座のずしりとした重さを感じる。

足音を消し、健成に近づいた。ローブに気を取られている健成は、まったく気づいていない。

「そんなこと、私がさせるわけないでしょう」

「え？」

こちらを見上げた健成の額に、台座を振り下ろす。鈍い手応えと共に、健成が片膝をついた。額を押さえ、低いうなり声をあげている。

「お……おい」

意識が朦朧《もうろう》としているのだろう、健成は千尋を見上げ、右腕を弱々しく前に突きだした。

千尋は再び台座を振り上げながら、健成の怯えた目を見下ろした。

「地獄で詫びるのね。あんたが殺した犬たちに」

額めがけて振り下ろす。一度、二度、仰向けに倒れた後も、三度殴りつけた。健成の体は、もうぴくりとも動かない。傷口から染み出た血が、床にどす黒い血だまりを作っている。

凶器となった像を死体の横に転がす。これは数年前、地方都市の小さなドッグショーで、健成が育てた犬が優勝したときのものだ。殺すときはこれを凶器にしようと、前々から考えていた。

千尋は死体の帯を解き、ローブを脱がせにかかる。血だまりに浸かって、白いローブはみるみる赤く染まった。

脱がせるのに三分ほどかかった。健成は全裸で床に転がっている。

ローブを丸めて足許に置き、ジーンズの尻ポケットからビニール製のエコバッグをだした。小さく畳める薄い生地のものだ。血のついたパーカーを脱ぎ、袋に入れた。ウールのインナーを着ていたが、やはり寒さはこたえた。

丸めたローブをバッグに押しこむ。何とか入った。バッグを買う際、サイズで悩んだことを思いだした。大は小を兼ねるの格言が、こうして役にたったわけだ。

ひと息つくと、もう片方の尻ポケットから食器洗い用のスポンジを出し、血だまりに浸す。赤黒い血液が、みるみる染みこんでいった。そのスポンジもバッグに入れた。

続いて、キッチンに向かう。蛇口を捻り、血まみれの手袋を洗った。シンクが血の色に染まり、赤い水が渦を描きながら排水溝に吸いこまれていく。

千尋は手袋を取り替えた。外した手袋は、丸めてエコバッグに入れる。

「さてと……」

部屋を見渡し、仕上げにかかる。

ストーブを点火させ、薬罐を元の位置に戻した。

ふと死体を見下ろすと、内ももにある傷が目に入った。犬がつけたものではないかと慌てて確認したが、既に回復しかけている刺し傷だと判り、安堵する。どこかで喧嘩でもして、受けたものだろう。

本当に、くだらない男――。

千尋はバスルームからバスタオルを一枚取り、死体の上に放った。タオルはヒラヒラと舞い、ちょうど股間を覆う位置に落ちた。どこか滑稽な感じすらする光景を、千尋はしばし見つめた。じわじわと広がる血だまりを前にしても、何の感情もわいてこなかった。

健成は最後の最後まで、自分がなぜ殺されるのか判らなかっただろう。彼にとって、それほどに犬の命は軽いものだった。

気持ちが定まらないまま、千尋は行動を再開した。

ここで気を抜くわけにはいかない。計画はまだ半分、いや、そこにすら達していない。

毛布で包み直した犬のケージを持ち、膨らんだエコバッグを肩にかける。

ドアを出ると、一階は真っ暗に見えた。階段を下りるに従い、徐々に目が慣れてくる。鎖に繋がれたラブラドールレトリバーは、地面に伏せ、目を閉じていた。千尋の気配にうっすら目を開いたが、立ち上がらず、耳をぴくんと動かしただけだった。

もう少しの辛抱だから。心の内で語りかけつつ、外に出た。

相変わらず、北風が強い。人気のない道を足早に進む。ここからの五分が、計画最大の弱点だった。人と出会い、不審に思われたら。パトロール中の警官にたまたま出くわしたら。駆けだしたくなるのをこらえ、一歩一歩数えながら歩いていく。

突然、ポケットに入れたスマートフォンが震えた。立ち止まり、着信を見る。「アニマルガード西村知将《にしむらともまさ》」と出ている。

ため息をつき、通話ボタンを押した。

「千尋かい？」

低いが、それでいて温かさを含んだ声だ。電話の奥では、犬の吠える声も聞こえる。

「まだ犬舎なの？」

「ああ。ちょっと調子の悪い奴がいてね。ほら、一昨日保護されたシーズー。原因はまだ判らないんだけど」

「知将さん、昨日もほとんど寝てないじゃない。大丈夫なの？」

「慣れてるから平気だよ。それより、君の方はどうだった？　里親、合格かい？」

「残念ながら不合格よ。あれでは、大事な犬を任せるわけにはいかない。せっかく預かってきたけれど、明日、返しに行くわ」

「そうか。残念だけど、しょうがない。君のお眼鏡にかなわないんじゃね。明日、都内へ行く車があるから、君の店に寄って引き取るよう言っておくよ」

「そうしてもらえると助かるわ」

「それじゃあ、また」

通話を切り、周囲をうかがう。橋の中ほどで、周囲に人家はなく、人通りもない。

橋を渡りきり、塀や垣根に囲まれた家々の前を過ぎると、目的のアパートが見えてくる。先ほど確認したときと同様、二階の部屋にぼんやりと明かりが点っている。

外階段を上り、玄関ドアの前に立った。呼吸を整え、もう一度、手順をさらう。

「よし」

声にだした後、インターホンのボタンを押した。

しばらく待たされた後、かすれた女の声がした。

「入ってきて」

声の調子からして、既に相当、酒が入っているようだ。千尋はポケットから鍵をだし、ドアを開けて入る。

酒の臭いが鼻を衝《つ》く。顔を顰めながら、犬のケージをそっと靴脱ぎに置いた。

すぐ済むから。静かにしていてね。毛布をめくり、中を確認する。犬は薄く目を閉じたまま動かなかった。

靴を脱ぎ、横の壁に膨らんだエコバッグをたてかける。

ケージの様子を再確認した後、暗い廊下を進んだ。右側にトイレ、風呂場に通じるドアがある。

廊下突き当たりが四畳半の寝室、手前右手のドアを入ると、六畳のリビングとキッチンだ。

リビングの真ん中にある炬燵《こたつ》に足を突っこみ、片岡《かたおか》二三子《ふみこ》はウイスキーを飲んでいた。

「あーら、いらっしゃい」

宵の口から飲み続けているのだろう。ボトルは残り少なくなっており、二三子の呂律《ろれつ》も危うい。

歳は千尋と同じ三十六であるが、荒れた生活のツケなのか、肌は荒れ、髪に艶はない。実年齢より老けて見える。それでも、元は銀座などで名を知られた女だ。顔立ちは整っているし、きっちり化粧をすれば、千尋など到底かなわぬ華があった。

「何してたのよぉ。遅かったじゃない」

酒で喉が荒れているのか、声は嗄《か》れていた。

「ごめん。急な仕事が入っちゃってね」

「ま、いいけど。あんたがくれたウイスキー飲んでたから、ぜーんぜん退屈しなかった」

二三子は大きく口を開けて笑う。

炬燵回りは、床が見えないほど散らかっている。酒瓶や紙コップ、食べかけの弁当まである。その場に立っているだけで、足の裏がムズムズしてきた。

ゴミを足で退け、空いたわずかなスペースに坐る。手袋をしたままだが、二三子は気にも留めない。トロンとした目をこちらに向けた。

「寒いと炬燵から出られなくなっちゃうの。合い鍵渡しておいてよかったわ」

「不用心ねぇ。これじゃあ、鍵をかける意味がないじゃない」

「いいのいいの。盗られて困るものも、見られて恥ずかしいものも、ここにはないし。そうそう、さっき、これ買ってきたんだけど」

手には安物の口紅があった。「ほら、人は死ぬ前に化粧をするっていうじゃない」

「なにバカなこと言ってんの。そんな余裕があったら、自殺なんてしないわよ」

二三子は「ふーん」と口を尖らせつつ、口紅の先端を見つめていたが、やがて「そうね」とうなずき、ポイと放りだした。

その軌跡を追いながら、千尋は言った。

「弟から連絡はあった?」

ロックグラスに口をつけた後、二三子は首を振る。

「この間、大喧嘩してから梨のつぶてよ」

「弟はかなりの頑固者よ。自分から謝ったりはしないと思う」

「血が繋がってないとはいえ、さすがお姉さんね。あいつのことよく判ってるわ。つき合って一年になるけど、実際、どうしようもない男だわよ」

あんただって似たようなものじゃない。そう心の中でつぶやきつつ、顔には穏やかな笑みを浮かべる。

「でも、好きなんでしょう?」

酒のせいか、二三子は照れる様子もなくうなずいた。

「今度ばかりは本気なのよ。最初、あいつの仕事を聞いたときは驚いたけどね。犬の繁殖って、いい印象ないもんねぇ。でもまあ、私は動物が嫌いだし、それで儲かるなら、文句はないし」

「だったら、迷うことないわ。私も応援するし」

「あれで優しいところもあるのよ。私が訪ねていくと、一階に下りてきて犬を押さえていてくれるの。あの犬、本当に嫌になっちゃう。顔を見ると、ものすごく吠えるんだもの」

屈託なく笑う二三子の横で、千尋は拳を握り締める。それでも無理矢理、笑顔を作った。

「あなただったら弟とも上手くやっていけるわ」

「本当にそう思う?」

「ええ。そうでなければ、こうして何度もあなたの部屋を訪ねたりしないわ」

「最初、街でいきなり声をかけられたときには驚いた」

氷が溶けきったグラスに、ウイスキーを注ぐ。

「氷くらい入れたらどう？　入れてきてあげる」

千尋はグラスを取り、キッチンの冷蔵庫へ向かう。冷凍庫には、製氷皿で作った氷がいくつか残っていた。グラスをコンロの横に置くと、リビングの様子をうかがいつつ、ポケットに忍ばせていた睡眠剤をだす。カプセルを開け、中身を袋に詰めたものだ。グラスに振りかけると、白い粉は溶けて琥珀色の液体と混じり合った。

「ねえ二三子さん、私が言ったもの、買っておいてくれた？」

「ええ。スーパーで買ってきた。そこにあるでしょう？　レンジの下」

小さなレンジ台の下に、スーパーのレジ袋が置いてあった。入浴剤とトイレ用洗剤が入っている。千尋が指定した銘柄だった。

氷を入れ、グラスを取るとリビングに戻った。

「はい、どうぞ」

グラスを渡そうとしたところで、手を引っこめる。

「その前にもう一つ、遺書は？」

「そこにあるわよ」

指さしながらも、二三子の目はグラスから離れない。

テーブルの隅に押しやられている紙を見た。ボールペンの走り書きで、「取り返しのつかないことをしてしまいました。ごめんなさい。いま、窓を塞ぎました。室内は危険です。二三子」とある。これも千尋の指示通りだった。

「ガムテープの目張りはやった？」

二三子は風呂場の方を指さして言う。

「やっといたわよ。見てきたらどう？」

グラスを持ったまま、千尋は廊下に出る。「信用ないのねぇ」という二三子の嫌味を聞きながら。

手前が洗面所兼脱衣所、その向こうが浴室である。タイル貼りの古びた壁と追い焚き機能のついた小さなバスタブが、廊下からの光にぼんやりと照らしだされていた。

バスタブには、なみなみと水が張ってある。

こんなに水を入れて、もったいない。そんなことを思いつつ、バスタブの向こうにある小窓を見る。窓は、ガムテープでしっかりと目張りがされていた。

それを確認すると、千尋はリビングに戻る。

「ばっちりね。さあ、これを最後の一杯にしてちょうだい」

二三子の震える手にグラスを渡した。

彼女は不満そうに唇を尖らせる。

「あんたも他のヤツらと同じね。飲むな、飲むなの一点張り。私だって飲みたくはないの。でもさ……」

ウイスキーをすすりながら、とりとめのない愚痴が始まった。

千尋は苛立ちを隠しつつ、薬の効果が現れるのを待つ。

「あれ……ちょっと、眠くなっちゃった」

「しっかりしてよ。まだやらなくちゃならないことがあるのよ」

二三子の上体は揺らいでいる。

「えっと……あのさ、こんなことして、本当に上手くいくのかしら。えっと……何だったっけ、あんたが言ってたのは……狂言……」

「狂言自殺」

「それそれ。あの男、驚いて飛んでくるかしら」

「当たり前よ。愛する女性が自殺を図ったと聞けば、何もかも放りだして駆けつけるわ」

「……それで、あいつの目が覚める……？」

「ええ。あなたの大切さが身にしみるはずよ」

「そう……そりゃ、うれし……い」

頭がかくんと前に落ちた。グラスを持つ手も、力なく垂れ下がっている。

千尋は一歩離れた場所で一分待った後、彼女の名を何度も呼んだ。

返事はない。

近づいて肩を揺する。完全に眠ったようだ。

ぐったりとした二三子の後ろに回ると、両腋の下に手を入れた。渾身の力を振り絞り、引きずっていく。意識のない体は重いと聞いてはいたが、想像以上だった。

歯を食いしばる。この程度の苦しみで音を上げていては、あの子たちは救えない。

二三子を風呂場の床に転がした。

作業にかかる前に、玄関のケージを再度確認する。犬は静かに目を閉じていた。犬を起こさぬよう、エコバッグから血のついたパーカーとスポンジを取る。パーカーを寝室に放りこむと、キッチンに戻り入浴剤とトイレ用洗剤を持つ。

いよいよ最後の仕上げだ。

千尋は、風呂場に横たわる二三子を見下ろした。

狂言自殺ですって？　申し訳ないけど、あなたは本当に自殺するのよ。

千尋は二三子の両掌にスポンジを押しつけた。血がじわりと染みだしてくる。頃合いを見てスポンジを外し、ビニール袋に入れる。

ほんのり赤く染まった二三子の掌を、ティッシュで丹念に拭った。血の痕がほとんど見えなくなると、ティッシュもビニール袋に入れる。袋の口を閉めた後、千尋は洗剤の蓋を開けた。

「ごめんなさいね。あの子たちを守るためなの」

掃除用と思われるバケツに、千尋は二種類の液体を注ぎ入れた。

二

午前八時三十分、須藤友三《すどうともぞう》は、がらんとした空間の真ん中で途方に暮れていた。目の前にいるのは、一頭の大きな犬だ。毛の色つやが悪く、ひと目で肥満と判る。散歩にもほとんど連れていってもらえなかったのだろう。かなりストレスが溜まっている。加えて、飼い主から暴行を受けていた可能性もある。肢の傷や背中の切り傷、火傷は、自然にできたものではない。

最低最悪の環境で育った犬は、人を恐れ、信頼しない。

犬はいま、須藤に向かって猛烈な勢いで吠えていた。繋がれた鎖を引きちぎらんばかりに身を躍らせ、爪を地面に突きたて、敵意に満ちた目で睨みつけている。

「やれやれ、どうしたものかな……」

須藤は腰に手を当てて考える。

須藤は警視庁総務部総務課所属の警部補だ。職務は、事件、事故に巻きこまれた動植物を警察の責任で保護、管理することである。普段は動植物に詳しい女性警察官と行動を共にするのだが、彼女は一週間の研修中だ。そのため、動物に関しては素人同然の須藤が単独で臨場することになったのだが……。

それにしても、ひどいところだな。

駐車場として使われていた一階は、窓がなく、明かりも十分ではない。置いてあるものといえば、錆びついた動物用の檻だけ。こんなところにいたら、俺だっておかしくなっちまうよ。

須藤は心からの同情をこめ、犬に微笑みかけた。だが、犬は怒りを募らせ、ガウガウと天井に向かって吠えたてた。

二階に通じる階段から、鑑識課員が顔をだした。

「ちょっと、その犬、何とかしてもらえません？　オタク、動物専門なんでしょう？　何か手はないんですか」

須藤は肩を竦めた。

「すまん。どうしようもない」

鑑識課員は顔を顰めると、二階に戻っていった。

俺がここにいるから吠えるのかな。

職場放棄は本意ではないが、致し方ない。外で一服するか。

犬に背を見せないよう、目を見ながら少しずつ後ずさりしていく。

何かが背中にぶつかった。振り返ると、小柄な女性が床にひっくり返っている。

「お、おい、福家じゃないか！」

慌てて助け起こす。福家は斜めになった眼鏡を直そうともせず、目をぱちくりさせて須藤の顔を見た。

「あ、須藤警部補」

「すまんすまん。犬に気を取られていたもので」

「こちらこそ、申し訳ありません。私もちょっと、問題を抱えていまして」

福家は須藤と目も合わさず、あらぬ方向に視線を彷徨《さまよ》わせている。

「どうした福家、おまえ今日はちょっと変だぞ」

福家は警視庁捜査一課に所属する、何とも摑み所のない女刑事だが、それなりの運動神経は持ち合わせている。事件現場で人とぶつかりひっくり返るほど迂闊《うかつ》ではない。

「どうした福家、熱でもあるのか？　汗をかいてるじゃないか」

「え……いえ」

バッグからハンカチをだし、そっと額に当てる。

犬が、新たな侵入者である福家に向かって吠えたてる。身を躍らせるたび、鎖がジャラリジャラリと音を響かせた。

犬の声に合わせて、福家の薄い眉がぴくりと動くことに須藤は気がついた。

「おまえ、もしかして……犬、嫌いか？」

「いえ、そんなことはないのです。嫌いというわけではなく、好きではないと言いますか」

「それを嫌いと言うんだよ。へえ、おまえにも苦手なものがあったとはねぇ」

「苦手なものは、昔からたくさんあります。報告書にうるさい上司とか、寒さとか」

「まあ、いいさ。でも、ちょっと安心したよ。眠らずの魔女も人の子ってことだな」

「もう行ってもいいでしょうか」

「ああ。現場は二階だ。何だったら、俺が案内しようか。ここにいても、どうしようもないから」

親指で犬をさす。ガルルと犬は牙を剝きだした。福家は、慌てて目をそらす。

須藤は笑いをこらえながら、階段を上った。福家は壁に背をつけ、カニのように横歩きをしながら、ついてくる。少しでも犬から離れたいということか。

部屋に通じるドアは、開いたままになっている。先ほどの鑑識課員が、ノブの指紋を採っていた。課員は須藤を見て怪訝な表情をしたが、福家を見るや、立ち上がって、「ご苦労様です」と挨拶をした。

かつては須藤も捜査一課の刑事だった。だが職務中の怪我を理由に一線を離れた。一課時代の部下も別の部署に移り、当時は顔なじみであった鑑識課員も皆、異動になってしまった。捜査の中枢から外れた寂しさはあるが、須藤は須藤なりに折り合いをつけ、現在の部署に満足していた。

「遺体はベッドの向こうに……」

福家の姿は既にない。須藤が物思いにふけっている間に、部屋の検分を始めていた。

手帳を構えた福家は、部屋の真ん中にあるストーブを見つめて言った。

「遺体が見つかったとき、このストーブはついていたのかしら」

返事はない。鑑識は自らの作業で手一杯のようだった。

代わって須藤が答えた。犬の保護が任務とはいえ、ひと通りの報告は受けている。

「発見時、スイッチは入っていたそうだ。だが、灯油が切れ、火は消えていた」

うなずいた福家は、後ろを振り返り、ベッドを見つめる。

「使った様子はなし……か」

そうつぶやくと、ようやく、ベッドの向こう側にある遺体の傍に歩いていった。

須藤は彼女の後ろにつき、言った。

「朝っぱらから、男の全裸死体なんてなぁ」

だが福家は、別段、気にした風もない。

「被害者の身許は？」

「被害者は佐々健成、三十一歳。職業は犬のブリーダーだそうだ」

血だまりの中にある遺体は全裸で、冗談か何かのように、一枚のタオルが股間を覆っていた。鑑識の一人が撮影を行っており、フラッシュが焚かれるたび、遺体が青白く照らしだされる。遺体の表情は苦悶に歪み、室内には血の臭いが充満していた。部屋の隅にいる、新人と思われる若い鑑識は、顔面蒼白で壁にもたれかかっていた。

まあ、無理もないな。同情を覚えつつ、須藤は報告を続ける。

「死亡推定時刻は昨夜の午後十時から午前零時の間。死因は……」

福家が言った。

「額に打撲痕がありますね」

「凶器はそいつだ」

遺体の脇にある、犬を象《かたど》った像を顎で示す。

「滅多打ちだよ」

「お腹の上のタオルは?」

「発見時から、そこにあったそうだ」

「うーん」

鑑識課員がカメラを構え、遺体に近づく。

「そこ、どいてもらえますか? もっと近くで、じっくり見たいのです」

鑑識はぎょっとした顔で、そそくさとその場を離れた。

福家は額の傷を調べると、遺体の脇にしゃがみこみ、全身をくまなく検分していく。

「これが致命傷か……何度も執拗に殴っていますね」

「正面から二発。被害者が倒れた後も数発、殴っている」

「となると、返り血を浴びているはずですね」

「キッチンの流しで手を洗った形跡がある」

「その他、血のついた遺留品は?」

「いまのところ、見つかっていない」

「判りました」

福家は遺体に顔を近づけたまま、下半身の方へ移動していく。

「他に外傷はなさそうですね」

へばりつくようにして全裸死体を検分する福家に、鑑識たちがちらちらと視線を送っている。

「このタオル、動かしてもいいですか？」

カメラを持った鑑識課員がうなずく。

福家はおもむろにタオルを取り、細部を検分していった。

「性交渉は？」

須藤は思わず咳きこんだ。

「な、何？」

「性交渉の痕は？」

「な、ないらしい」

「内ももにあるこの傷は、確認済みでしょうか」

「むろんだ。鑑識の話では、数日前に受けた傷のようだ。形状などからして小型のナイフらしい」

タオルを元の位置に戻した福家は、足先に移動、足の裏を確認し、ようやく腰を上げた。

そのまま天井を見上げ、キョロキョロと周囲に目をやる。

「ここ、寒くないですか？　隙間風を感じます」

「そこだ」

須藤は福家の背後を指す。薄いカーテンが引かれ、裾がヒラヒラとはためいている。福家はずり落ちそうな眼鏡を指で上げながら、カーテンをそっと開けた。

そこには小さな窓があり、窓ガラスが斜めにかしいで、半開きの状態になっていた。

「壊れていて、完全に閉まらないんだ。寒いのはそこから風が吹きこむせいだろう」

福家は興味深げに窓から外を眺めていたが、やがてカーテンを戻し、今度は壁に備えつけられたエアコンを指さした。

「壊れているといえば、あれも動かないようですね」

「ああ。だから、こんな旧式のストーブを引っ張りだしたってとこだろう」

今度はストーブに興味を持ったのか、血だまりを大きく迂回して、近づいていく。

まずは上に載った薬罐をしげしげと見る。

「随分と汚れていますね。煤《すす》もいっぱい」

「男の一人暮らしだ。仕方ないだろう」

「ストーブの燃料である灯油は、どこに置いてあるのでしょう?」

「家の裏にポリタンクがあった。その都度、持ってきて給油していたんだろう」

福家はクンクンと鼻を鳴らした。

「それにしてはこの部屋、灯油臭いですね」

「床にこぼした痕跡がある。外から入ってすぐのところだ。拭き取ってあるから見た目は判らないが、臭いまではな」

福家は部屋を横切り、問題の場所で腹ばいになった。床に顔を近づけ、さらに鼻を鳴らす。

「おい福家、服に臭いがついちまうぞ」

須藤の声が聞こえているのかいないのか、福家はすっくと立ち上がり、ストーブ脇まで戻っていった。よく見ると、鼻の頭に灰色の埃がついている。

「おい、福家!」

須藤は自分の鼻を指す。

福家は怪訝そうな顔で目をパチパチしていたが、やがて気づいたらしく、ハンカチをだし鼻を豪快に拭った。

「取れました?」

「ああ」

ハンカチをバッグにねじこむ福家の目が、サイドテーブルで留まる。その上に覆い被さるような姿勢で、じっと表面を睨んでいる。

やがて、その姿勢のまま首だけを動かし、テーブルとストーブを交互に見やった。

「ふーん」

何が「ふーん」なのかききたい衝動に駆られたが、須藤は敢えて黙っていた。自分に捜査権限はない。責任者である福家に、すべての判断を委ねるべきと考えたからだ。

テーブルの前を離れた福家は、手帳を構え、須藤を見た。

「物盗りには見えないですね」

「ベッドに財布があるだろう。二十万入っていた。洗面所には腕時計があった。そっちもかなりの値打ちもんだ。物盗りなら、まず見逃さない」

「となると、怨恨……」

「被害者は女性関係が派手だったそうだ。スマートフォンには、女からの着信やメールが山と残っているらしい。鑑識が分析中」

一階では、あの犬がワウワウと吠え続けている。いったいどうしたものか。

ふと我に返ると、福家の姿がない。

「須藤警部補」

鈴のような声が、風呂場の方から聞こえた。

「福家、いつの間に……」

「シャワーを使った痕跡があります」

「ああ。遺体の状況を見ても、被害者はおそらく……」

自分の意見を述べそうになり、慌てて口をつぐんだ。

「いや、気にせんでくれ。俺はそろそろ犬の世話に戻る」

床の濡れ具合などを見ていた福家が立ち上がって、言った。

「ご意見を聞かせていただけませんか」

「意見？　そんなものはない。俺は捜査員じゃないんだから」

「いえ、現在の所属は関係ありません。鬼と言われた捜査官の意見を聞きたいのです」

「泣かせることを言ってくれるじゃないか」

事実、須藤の胸にはぐっと迫るものがあった。

「あくまでも現状を見た限りでの話だ」

「それでけっこうです」

「犯人は女。ここに来るのは初めてではない。おそらく夜に訪ねてくる約束ができていたんだろう。女が来たとき、被害者はシャワーを浴びていた。タオルを巻き、女を出迎えた。女の犯行が計画的なものか、発作的なものかは微妙なところだ。現場に争った痕跡がないこと、犯行後、手を洗っていることなどから、計画的だった可能性が高い。女はキャビネットにあった犬の像で――最初から使うつもりだったんだろう――殴りつけた」

「凶器がキャビネットにあったというのは？」

「埃さ。おまえのことだ、もう気づいているんだろう？　キャビネットは埃だらけで、上面に四角い跡がついていた。凶器の台座と同じ大きさだ。犯人が手に取るまで、像は長らくそこに置かれたままになっていた」

福家は深々とうなずくと、

「部屋の指紋採取は終わったのでしょうか」

「一応、終わっている。被害者以外の指紋が数点、見つかった」

「凶器に指紋は？」

「同じだ。被害者のもの以外に数名分。トロフィーだからな、色んなヤツが触っていてもおかしくはない。照合にはまだ時間がかかるだろう。さて、俺の出番は本当にここまでだ。あとは警部補殿にお任せするよ。女絡みの怨恨。被害者のスマホにはデータが多数。比較的、簡単な事件《ヤマ》だな」

「あの、警部補！」

ベッド脇にいた鑑識課員が声をあげた。

「どうしたの？」

「被害者のスマートフォンに着信が」

課員の手にある証拠品袋の中で、スマホが振動している。画面には、片岡二三子とあった。

須藤は福家に言った。

「着信履歴に何度もその名前があった。一昨日も二度、電話をかけてきている」

福家は課員からスマホを受け取り、通話ボタンを押した。

「はい」

福家の眉がぴくりと動いた。

「それはこっちがききたいわ。どうしてあなたが電話してきたのか」

相手の言葉に福家が耳を傾けている。

「判ったわ。住所を教えて」

スマホを証拠品袋に戻しながら、福家は言った。

「須藤警部補、もう少し、ここにいていただけませんか」

「そりゃ構わんが、いまの電話は何だったんだ？　相手は二三子本人じゃないのか」

「かけてきたのは二岡君でした」

「二岡……君？」

「機動鑑識班の二岡君」

「もしかして、二岡友成のことか」

「はい」

「どうして、あいつがここに電話してくるんだ？　それも、片岡二三子の携帯で」

「彼女は遺体で発見されました。硫化水素を発生させ、自殺を図った模様です。二岡君は現場鑑識の最中だそうです。身許確認の必要もあり、電話機の履歴を辿って、ここに行き着いたらしいのです」

「何と……」

「二岡君によれば、現場に遺書と血のついた服があるそうです。確認のため、ちょっと行ってきます」

「ちょっと行ってきますっておまえ……」

「住所は、ここから歩いて数分のところだとか。少しの間、ここをお願いできますか」

「ああ。俺でよければ」

「では」

福家はぺこんと頭を下げ、すたすたと部屋を出ていった。

犬の吠える声が一段と大きくなると共に、何かがひっくり返る音がした。

「おい、福家、大丈夫か」

「大丈夫……です」

様子を見ようとした須藤だったが、すぐに足を止めた。

見ないでおいてやろう。武士の情けだ。

三

二岡友成は、全開になった窓を眺めつつ、散らかり放題の部屋を見回した。

写真撮影はあらかた終わり、指紋などの採取も最終段階だ。状況は自殺であり、簡単に片づく事件だと思われた。寝室に投げだされた血まみれのパーカーを見つけるまでは。

だが、二岡を落ちこませているのはそれだけではない。被害者のスマートフォンから、福家の声が聞こえてきたときの驚き。

まさか、近所にいるなんてなぁ。

警部補が出張ってくるということは、今日は徹夜で決まりだ。高校の同級生と会う予定だったが、早々に断りの連絡を入れるとしよう。

「ああ、ちょっとちょっと」

表が騒がしくなってきた。

おいでなすったな。二岡は玄関へ向かう。

「あなた、亡くなった方のお知り合い？」

外廊下で立ち番をしている、恰幅のいい巡査の声だ。

「いえ、身内ではないのです。でも、関係者ではあります」

「まだ作業が終わっていないので、身内の方以外は入れないんですよ」

「いえ、それでは困るのです。あ！　ちょっと待ってください。バッジを見せれば……あら、おかしいわ……あ、もしかすると、前の現場に落としてきたのかしら」

「あんた、何を言ってるんです？　前の現場って何？　ここ、いま、この瞬間が現場なの。早く下におりてくれないかな。下の連中、何やってんだろう」

「前の現場に犬がいたのです。それでびっくりして、ひっくり返って、鞄を落として……そのときに落としたのでしょう」

「犬がどうしたか知らんけど、あんまりしつこいと、つまみだすよ！」

やり取りを聞きながらニヤニヤしていた二岡だが、そろそろ出番だ。

「福家警部補！」

「あ、二岡君！　助かったわ。またバッジを落としてしまって」

「僕の方で連絡しておきます。誰か拾っておいてくれますよ」

「また係長に怒られてしまうわ」

「大丈夫です。みんな、内緒にしてくれますよ」

そんな二人を、警官は呆気に取られて見ている。

「あ、あのぅ、この人は……」

「いいから通してあげて。警部補、こっちです」

「待って、玄関先の紙は何？」

靴を脱ぎ、上がったところに紙が置いてある。

「遺書です」

「遺書？　こんなところにあったの？」

「ええ。発見者を気遣ったのだと思います。不用意に入ると、巻き添えを食いますから」

福家は遺書の前にしゃがみ、文面を目で追っている。やがて小さくうなずくと、立ち上がった。

「遺体は浴室ね？」

「はい、こちらです。換気は終わっています」

ドアの向こうは狭い洗面所兼脱衣所、その奥がタイル貼りの風呂場である。

遺体は仰向けに寝かされている。

「発見者は、お隣に住む吹田《すいた》洋一《よういち》さん。被害者を訪ねてきて……」

「待って。吹田氏はどうやって中へ？　鍵はかかっていなかったの？」

「合い鍵を持っていました。被害者にもらったと言っています」

「恋人か何かだったということ？」

「そのへんはまだ何とも」

「話を聞く必要がありそうね。それで、発見時の遺体の状況は？　床に寝ていたわけではないでしょう？」

二岡は携帯端末に画像を表示する。

「発見時、廊下のドア、風呂場のドア、共に閉まっていました。遺体は、バスタブにもたれかかっていました」

「換気扇は止まっているし、唯一の窓には目張りか……」

「毒性のガスが残っているから、専用の装備をつけたり、アパートの住人を避難させたり、もう大変でした。あ、薬剤を混ぜたバケツと空容器は回収してあります」

「死因はガスによるもの？」

「はい。詳しく調べてみないと何とも言えませんが、おそらく間違いないと思います」

福家は遺体の様子をつぶさに観察していたが、やがてひょいと顔を上げると、バスタブをのぞきこんだ。

「水が張ったままね」

「ええ。残り湯でしょう。追い焚きして入ろうとしていたか、洗濯に使おうと思っていたのか」

「それにしては水が綺麗だわ」

福家の視線は、小さな窓に向く。

「被害者の身長はどのくらいかしら」

「小柄ですね。百五十センチくらいでしょうか」

「バスタブの水、念のため調べておいてね」

そう言うと、福家は再び遺体の検分を始める。太ももから足先へ移動し、被害者が穿いている白い毛糸の靴下を確認している。

「警部補、何をしているんです?」

それには答えず、福家はカゴの中にある洗濯物へと目を向けた。一番上にちょこんと置いてあるのは、赤い毛糸の靴下だ。

福家はその靴下に触れた。

「湿ってる」

腕を突っこみ、下の洗濯物も確認する。

「他は乾いてる。うーん」

靴下に目を近づけた。

「足の裏に木くずがついているわ。何かしら」

福家は頭を掻きながら、今度は掌を仔細に検分していく。

「うっすらと血の痕がある。爪の間にも血が入りこんでいるわ。これ、調べておいてくれる？」

「判りました」

「血のついた服が見つかったと聞いたけれど」

「はい、寝室です」

廊下に戻り、突き当たりの部屋に入る。四畳半ほどで、敷きっぱなしと思われる布団の上に、脱ぎ散らかした洋服などが山になっていた。問題の服は、押し入れの前に丸めて置いてあった。

「パーカーです。市販の安物で、スーパーなどで簡単に手に入ります。あ、撮影は終わっていますから、動かしても構いません」

福家はパーカーを広げた。袖や胸の部分に血の染みがついている。

「被害者のものであることは間違いない？」

「サイズは合いますが、それ以上はまだ何とも」

「相当、血がついているわね」

「回収して分析に回します」

二岡が話している間も、福家は室内を動いて回る。いま彼女の興味を惹いているのは、壁のフックにかかっている巾着だった。

福家はその真下に立つ。巾着が下がっているのは、床から一・七メートルほどのところだ。

「これ、何かしら」

「近くの神社で売ってる金運のお守りです」

「お守り？　これが？」

「中にお金や通帳なんかを入れておくと御利益があるとか。方角や吊るし方が決まってるんだと思います。だから、こんなところに」

「へぇ。二岡君、妙なことに詳しいのね」

「多分きかれると思って、さっきネットで調べたんです」

「さすが」

福家は二岡に背を向けたまま言う。

「誉めるなら、もう少しちゃんと言ってくださいよ」

だが福家の耳には入っていないようだ。

「うーん」

キョロキョロと左右を見回す福家の目が、壁際にある木箱で止まった。清酒などの一升瓶を入れるものだ。それが底を上にして置いてある。

「これ、何のためにあるのかしら」

「さあ」

部屋の中は布団を中心としたカオスだ。衣類から食べ物の包み紙まで、入り交じっている。床が見えているのは、わずかに巾着の真下くらい……。

「あ……」

二岡にもようやく思い当たった。

「踏み台ですね。靴下の木くずは、そこでついたんですよ」

福家は木箱を持ち上げて移動させる。

「被害者の背丈では、巾着まで届かない……」

ひょいと木箱に乗った福家は、巾着に顔を近づける。

「中に何か入っているわ」

福家は慎重に巾着をフックから外し、中を見た。

「お金。一万円札が六枚」

福家は巾着を二岡に向けて差しだす。受け取って、証拠品袋に入れる。

福家は木箱から飛び降り、二岡が袋の口を閉めるのも待たずに言った。

「リビングはあっちね」

福家に続き、慌ててリビングに入った。六畳間の真ん中に炬燵がある。部屋は日用品とゴミであふれ返っていた。酒瓶が転がり、炬燵の上に汚れたグラスが並んでいる。部屋の窓側にはコンビニ袋に入ったゴミが積み上がっていた。

「かなり荒んだ生活を送っていたようね」

「ご近所の話では、アルコール依存症気味だったとか」

福家は炬燵の上にあるものを一つ一つ確認していく。電気代、ガス代の請求書、メモ用紙、その脇にボールペンがあった。

「メモとペンは、遺書を書くのに使われたものね。筆跡はどう?」

「鑑定待ちですが、おそらく間違いないかと。被害者の鞄にシステム手帳があったので、その文字とざっと照らし合わせました」

「自殺に使った薬剤の購入経路は判っているのかしら」

「そうくると思って、それも調べておきました。寝室にレシートが落ちていましてね。四日前、ガムテープと一緒に近所のスーパーで購入したようです。まだウラは取れていませんが」

「自殺の兆候はあったということなのね」

福家は立ち上がると、腰をポンポンと叩き、玄関に戻る。そこにも、クリームだの靴べらだのが散らばっていた。

「うーん」

福家は、たてた人差し指を鼻の頭に当て、天井をあおいだ。

二岡は後ろからそっと声をかける。

「警部補、何か見つかりましたか?」

首を振りながら、福家は開いたままの玄関ドアから外を見た。

「発見者に会ってこようかしら」

吹田洋一は、寒空の下、短くなった吸い殻を持て余していた。アパートから二十メートルほど離れた駐車場に連れてこられて、二十分が経過している。ここに連れてきた警官の姿もなく、二台並んだパトカーの前で、吹田は寒さに震えながら、行き交う警官や消防隊員の姿を眺めていた。

気を紛らわせようと吸い始めた煙草であったが、付近に灰皿はなく、代用にする空き缶もない。警察車輛の前で、地面に捨てるのも憚られる。

あれこれ迷っているうちに、吸い殻はいよいよ短くなった。

これだから、ダメなんだよな。決断力のなさ、思い切りの悪さに、我ながら嫌になる。

「使いますか?」

小柄な女性が立っていた。こちらに突きだした手には、おしるこの缶が握られている。

「え?」

「吸い殻です。この缶にどうぞ。あ、ご心配なく、中は空です。会社で飲んだ後、どういうわけか鞄に入れてしまったようでして」

女性は、その缶が入っていたと思しき鞄を肩から提げている。

吹田は吸い殻を缶に入れることもできず、この不思議な女性について、あれこれ考え始めた。

警察関係者には見えない。では、マスコミの人間か? レポーターにしては地味だ。そもそも、このエリアは立入りが制限されている。そんな輩が入れるはずもない。弁護士? いや、もしかすると、ケースワーカーかもしれない。第一発見者にカウンセリングの必要ありと思われたのだ。

吹田は缶に吸い殻を入れると、言った。

「ありがとうございます。あの、でも僕、必要ありませんから」

「は？」

「そういうの、あまり好きじゃないんです。だから、けっこうです」

女性は目をぱちくりさせる。

「判っています。お好きな方はそんなにいらっしゃいませんから」

「そうでしょう？　だからお気遣いなく」

「判りました。ではまず、これを捨ててきます」

女性は辺りを見回し、すたすたと駐車場を出ていった。

やれやれ、いったい何だったんだろう。ホッと息をついていると、女性が戻ってきた。

「少し行ったところに、自動販売機がありました。許可をもらって捨ててきました」

「いや、あのぅ……」

鼻がむずむずしたかと思うと、大きなくしゃみが出た。もう一発、さらに一発。息を継ぐ間もなく出る。吹田は両手で顔を覆い、発作が去るのを待った。鼻水が噴きだし、涙が頬を伝った。ティッシュを探したが、ポケットにはなかった。

「どうぞ」

女性がティッシュのパックを差しだした。レンタルビデオ屋の宣伝が印刷されている。

「あ、すみません」

パックからティッシュをだし、洟をかんだ。

「それ、全部使ってください」

くしゃみは治まったものの、鼻水は止まらない。吹田はパックのティッシュを使い果たしてしまった。

丸めたティッシュをポケットに突っこみながら、袖で涙を拭う。

「ありがとうございました。アレルギーで」

「ティッシュ、まだありますよ」

「いえ、もう大丈夫です」

「何のアレルギーなのですか」

「え？」

「いまおっしゃいましたよね、アレルギーだと」

「ああ。動物の、特に犬がダメみたいで」

「犬」

女性の目がキラリと光った気がした。

「あの、それが何か？」

「いえ。それはそうと……」

女性がまた、ぺこんと頭を下げた。

「長らくお待たせして、申し訳ありません。もうすぐ、ご自宅に戻れると思いますので」

吹田は乱れた呼吸を整えながら答える。

「待つのはいいんです。事情は判ってますから。ただ、今日はこの一帯、断水の予定なのに、まだ水を確保していないんです」

女の目がまた光った。

「断水ですか」

「ええ。アパートの掲示板にも出てます。とにかく僕、そんなに動揺していませんし、心の整理もついてますから」

「それは心強いです。安心して、お話をうかがうことができます」

「え？」

吹田の眼前に、警察バッジが示された。

「私、警視庁捜査一課の福家と申します。遺体発見時の様子をうかがえればと思いまして」

「警察……あなたが？　刑事？　捜査一課……つまり、会社というのは警視庁。すると、あのおしるこは……」

「食堂横の自動販売機で買いました。大好物なのです。夏でも、つい買ってしまいます」

「冷たいのは、ちょっと嫌ですね……」

「それが、意外にいけるのです。今度、ぜひお試しください。それで、遺体発見についてですが」

福家という刑事は、手帳のページをパラパラとめくった。

「まず、どうして片岡さんを訪ねたのですか」

「そのへんについては、もう話しましたけど」

「申し訳ありません。もう一度だけ、お願いします」

福家は「もう一度」と言いながら、人差し指をたてた。

「僕、今朝の八時からバイトがあって……駅前のコンビニなんですけど……片岡さんの部屋の前を通ったら、変な臭いがして。それで、インターホンを押したんです。でも返事がなくて、だんだん心配になってきて、鍵を開けて……そしたら、嫌な臭いが強くなったから……それに、廊下に遺書があって……」

「すぐに一一〇番された」

「はい」

「賢明でした。中に入っていたら、あなたも危なかったかもしれません」

心臓の鼓動が速くなり、足の力が抜けそうになった。

「余計なことを言いました、申し訳ありません。大丈夫ですか？」

福家が柔らかい口調できいてきた。

吹田はパトカーにもたれかかりながら、「大丈夫です」とだけ答えた。

「おききしたいのは、どうしてあなたが合い鍵を持っていらしたか、なのですが」

「えっと、どう話せばいいのかな……もらったんです、片岡さんから」

上手く話そうとすると、余計に頭が混乱してしまう。仕事先でもプライベートでも、それで相手を苛立たせることが多かった。

だが福家は、吹田が口を開くのを黙って待っている。

心の波が少しずつ治まっていった。

「僕、五年前に田舎から出てきて……会社は辞めちゃって、いまはバイトだけなんですけど」

福家は手帳にサラサラと書きつけていく。

「東京に出るとき、親と喧嘩しちゃったんで、いまさら戻るわけにもいかなくて……そんなとき、片岡さんが声をかけてくれたんです。時々、部屋に呼んでご馳走してくれたりして」

「最後に片岡さんと会われたのはいつです？」

「実は、昨日の夕方なんです」

「どこで会ったのですか？」

「五時ごろだったと思いますけど、アパートの集合ポストのところで」

「話をなさいましたか？」

「いいえ。通りの向こうで煙草を吸っていたので、姿を見ただけです」

「片岡さんは、そのまま部屋に入られたのでしょうか」

「ええ。ただ、ポスト脇の掲示板を見て、『あらっ』って大きな声をあげていました」

「掲示板ですか」

「断水のお知らせが貼ってあるんですけど、それを知らなかったんじゃないでしょうか」

「なるほど」

福家は深くうなずくと、吹田を見上げる。

「合い鍵をもらったのは、どういう理由だったのでしょう」

「あ、まだ合い鍵のこと、言ってなかったですね。二週間くらい前だったかな、急にくれたんです。一応、持っておいてって」

「理由は判りますか?」

「一人暮らしが不安になってきたからと言ってました。そんな歳でもないのにって、そのときは笑ったんですけど。ただ、最近、片岡さんどことなく元気がなかったから、ちょっと心配ではあったんです」

「元気がなく、一人暮らしが不安。それで、合い鍵を。うーん」

「いまにして思うと、片岡さん、ずっと死ぬこと考えていたんですかね。でも会ってるときは明るくて、お酒飲むと訳判らなくなっちゃうから、全然、気がつかなかったなぁ」

吹田はアパートの方角に目をやった。二三子の部屋では、まだ多くの人が出入りしている。

「片岡さんとは、普段どのようなことを話されていましたか」

「主に、僕の愚痴かなぁ。上手くいかないことが多いから。片岡さんは相槌を打ちながら、お酒を飲んでいました。自分のことはあまり話さなかったなぁ。僕が知ってるのは、昔、銀座のお店に勤めていて、いまは駅前のスナックでママをやってることくらい」

「その店も先月辞められて、いまは無職だったようです」

「そうなんだ……それで元気なかったのかな」

福家は何も答えなかった。

「ねえ、刑事さん。……ひょっとしたら僕、片岡さんを助けることができたのかな。もっと注意深く彼女のことを見ていたら、自殺のサインみたいなものに気づけたのかな」

「うーん」

福家はペンの先端を額に当て、首を傾げた。

「僕には判らないよ。どうして片岡さんが自殺したのか」

「そうした兆候のようなものは、まったくなかったのですか」

「たしかに感情の……何ていうんだっけ、浮き沈み？　それはあったけど、自殺するとは思えなかった」

「なるほど」

福家はうなずくと、手帳を閉じた。

「その考えに自信を持てばいいのです」

「え？　意味が判らないんだけど」

「言葉通りの意味です」

福家はそう言うと、ぺこんと頭を下げた。

「ありがとうございました。もうすぐ、お部屋に戻れると思います」

こちらに背を向けようとした福家が、ぴたりと動きを止める。

「片岡さんも、十代で東京に出てきてから、一度も田舎には帰っていなかったようです。ご両親は他界し、親しい身内もいないらしく、遺体の引き取り手がいません。彼女はあなたに、自分を重ね合わせて見ていたのかもしれませんね」

そう言い置くと、福家はすたすたと駐車場を出ていった。

吹田は再び一人になった。無性に煙草が吸いたかったが、また吸い殻の捨て所を思案しなければならない。

電話してみるかな。

実家の番号は、携帯に登録してある。上京以来、一度もかけたことのない番号。

吹田はポケットに手を入れたまま、澄みきった空を見上げた。

四

午前十時五十五分、関根《せきね》英之《ひでゆき》は苛立ちを抑えきれず、足許の小石を蹴った。宙を飛んだ小石がパラパラとコンクリートの壁面に当たる。

殺害現場となった建物の前で、関根は三十分以上、放置されていた。行き交う警官をつかまえ、いつ帰れるのかと問いただしてみるものの、明確な答えは返ってこない。そうした態度が、関根をさらに苛立たせる。加えて、さっきから一瞬もやむことなく続いている犬の吠え声だ。ウーウー、ギャンギャン、うるさいことこの上ない。

作業のため開け放たれたガレージ扉の向こうで、坊主頭の刑事が犬をなだめようとしているが、効果はまったく上がっていない。

強面の男が困り果てている姿はどこか滑稽で、関根にとっては、爆発寸前の怒りを静める鎮静剤の役目を果たしていた。

それにしても、第一発見者を、簡単な聞き取りをしただけで放置するとは。民間の会社でこのようなことが行われたら、即刻、責任問題だ。

長年勤めた会社を定年で辞めて三年。やはり、日本社会は悪い方向へ向かっている。現在は時間に余裕のある身だ。自分のような人間がまず行動を起こさねばならない。微力ではあるが、それがやがて大きなうねりとなって……。

目の前に、小柄な女性が立っていた。考えに沈んでいて、気配に気づかなかった。

「関根英之さんでしょうか」

そう言った女性を、関根はしげしげと観察する。

「警視庁捜査一課の福家と申します」

捜査一課？　一課というのは、何をする部署だったろうか。少し前に見た刑事ドラマを思い返してみたが、よく判らない。

どちらにしても、大した部署ではないのだろう。この頼りなさそうな女を見れば判る。大方、車の取り締まりやこそ泥を相手にする部署に違いない。

関根は胸を張って、言った。

「君、私はいったい、何分ここにいると思っているのだね？」

「申し訳ありません」

女はぺこんと頭を下げる。

「そろそろ家に戻りたいのだがね。家内も心配しているだろうし」

嘘だった。いまごろはまだ、いびきをかいて寝ているはずだ。

「発見時の様子を、もう一度だけ、お聞かせ願いたいのです。それが終われば、お帰りいただいてけっこうです」

関根はうんざりしながら、どうせ逆らっても無駄だとあきらめてもいた。

「判った。で、誰に言えばいい」

「私に」

「君に？　どうして？」

「捜査に必要ですので」

「ならば、責任者クラスの人間をだしなさい。これは殺人事件なんだろう？　殺人を担当する課の責任者を」

「私が、殺人を担当する課の責任者です」

「だって君は捜査一課だろう？」

「はい。一課です」

「殺人なら殺人課だろう」

「いえ、いまは捜査一課が担当します。殺人課という課はありません」

「そ、そうなのか?……すまんが、もう一度、身分証を見せてくれないか」

再び警察バッジが示された。写真も本人に間違いない。

「へえ、君が一課の責任者ね。驚いたよ」

「よく言われます」

「それで、発見時の状況だったか?」

「はい。関根さんはどうして、その時間にここを訪ねようと思われたのか、そのあたりから」

関根は咳払いをしてから、口を開いた。

「私は朝五時に起きて、散歩するのを日課にしている。今日は少し寝坊をして七時に自宅を出た。どうして寝坊したと思う? あの犬だ」

犬はいまなお、建物一階で、すさまじい咆哮を続けている。

「犬、ですか」

女刑事の顔色が心なし、青ざめたように思えた。

「犬の声がうるさくて眠れなかったんだよ。ここの犬はいつも吠えまくっててさ、何度も文句を言った。殺された者のことを悪く言いたくはないが、まったくけしからんヤツだったよ」

「犬は一晩中、吠え続けていたのでしょうか」

「いや、そうでもない。それなら、もっと早くに文句を言いに来た」

「午後十時から十一時の間はいかがでしたか？」

「それは風呂に入ってた頃合いだ。私はいつも十時きっかりに風呂に入る。規則正しい生活こそ、健康の源だ」

「おっしゃる通りだと思います」

「で、何だっけ、ああ、犬だ。そう、そのころは静かだったんじゃないかな」

福家の目が鋭さを増した。

「それは、間違いありませんか」

「ああ。十時に風呂に入り、十一時に寝る。そのとき、犬の声は聞こえなかった」

「お風呂に入られる前はどうでしたか？」

「けっこう吠えていたな。テレビのニュースを見ていて、気になったのを覚えている」

「それまで吠えていた犬が、十時前後を境に静かになった。では、再び吠え始めたのは？」

「午前三時過ぎかな。そこで目が覚めて、時計を見た。その後はうつらうつらして、よく眠れなかったんだ。だから、うっかり寝坊した」

「そして、こちらへは苦情を言いに？」

「当然だろう。いつもは言うだけ言って引き揚げるんだが、今日は徹底的に抗議するつもりで来たんだ」

「そのときの状況もお願いします」

「家を出たのは午前七時を過ぎていた。いつもの散歩コースを回り、ここに来たのは七時半くらいだったかな。相変わらず、犬は吠えていた。インターホンを鳴らしたが、返事がない。そこのドアノブを回すと、鍵はかかっていない。だから入ってみたんだ」

「その後、二階に上がられていますね」

「入る前にもう一度声をかけたんだが、やはり返事はなかった。勝手に入りこむのはまずいと思ったんだが、目の前では犬が吠えている。飼い主の男は、それを止めようともしない。無性に腹がたってね」

関根は犬が吠えている建物一階を見つめた。

「あの犬だって、好きで吠えているわけじゃない。飼い主が悪いんだ。餌皿を見たかね。空っぽだった。壁際にペットフードが置いてあったが、市販の一番安いヤツだ。一日中あんな暗いところに繋がれ、ろくに散歩もさせてもらっていない。あのだぶついた体を見ただろう。早急に精密検査をした方がいい」

「あの」

福家が左手を掲げ、関根を制した。

「随分と犬にお詳しいようですね」

「若いころからずっと犬を飼っていたんだ。先々月、十二年も一緒にいた犬が死んでね。まあ、何というか、悲しい思いをしたばかりなんだよ」

「そうですか」

福家の表情も、どことなく沈んだものになる。

関根は続けた。

「子供たちは独立して家を出た。犬が死んで、家には家内と二人だけだ。何ともねぇ。新たに犬を飼うかどうか、話し合ってはいるんだが、踏ん切りがつかない。こちらも歳だからね。もうあきらめようかという話にもなってるんだ。それだけに、あの犬が不憫で見ていられなかった。だから、声をかけながら二階に上がった」

「そこで、遺体を発見なさったわけですね」

「ああ。部屋に入るなり、異様な臭いがした。あれが、血の臭いというものなんだな。いやあ、大の男が情けないことだが、卒倒するところだったよ」

「そのとき、何か気づいたことはありませんか」

「何しろ慌てていたのでね、これといって……部屋の中が寒かったこと、それとやはり犬の声だな。ワンワン、ギャンギャンと耳に障る声だったが、いまにして思うと、そのおかげでパニックにならず、冷静な行動がとれたのだと思う」

「警察への通報は、その場で？」

「そうだ。外に出て待てと言われたので、そうした」

「ありがとうございます。おききしたいことは以上です。もうお帰りになってもけっこうです」

関根はうなずきながらも、その場を離れることができなかった。

「なあ刑事さん、あの犬のことなんだが、今後どうなるんだね」

「しばらくは警察の方で面倒を見ます。そこにいる、須藤という者が――はい、坊主頭の男性です――世話をします。その後、引き取り手が現れなかった場合は、それなりの施設に預けるしかないかと」

「それは、保健所ということかね」

「申し訳ありません、詳しいことまでは判りかねます」

「うちで引き取れないかな。そのぅ、あの声を聞いているとね――いや、たしかに、最初はうるさいだけだったんだが――こうなってみると、何とも不憫で」

「ああした犬は人間に強い不信感を抱いていると聞いたことがあります。飼うには不向きではないかと」

「それは承知の上だ。私も長年、犬を飼ってきた。訓練センターなどにもツテがある。飼い主としての資格はあると思うが」

「では、須藤に直接お話しください」

関根は会釈して、須藤なる男の方へ向かった。その間も、犬の咆哮はやまない。

さて、これからが大変だな。家内は何と言うだろうか。まずは、物置にしまいこんだ、リードや餌皿を引っ張りださないと。

五

佐々千尋は、従業員専用の出入口から店に入った。店の裏にある倉庫には、到着したばかりの段ボール箱が山をなしている。一週間前に発注した、犬用のペットフードだ。九州の業者から直接仕入れており、顧客の評判も上々だが、生産数が追いついていない点は問題だ。もっとも、原材料からこだわり、無添加、無着色だから、文句は言えない。昨年から輸入しているアメリカ製の「ドッグスーパー」も、千尋が検分した限り問題はないようだし、当分、二商品を並べるとしよう。

「おはようございます」

従業員のチーフである太田梓《おおたあずさ》が、清掃用のブラシを肩にかつぎ、やってきた。既に一仕事終えたのだろう、真冬だというのに、額に汗が光っている。

「遅くなってごめんなさいね。開店の準備はどうかしら」

「問題ないと思います。サロンの予約が明日まで埋まってしまって、何人かお断りしている状況です。今日、トリマーの子が一人、休みをとっていて」

「トリマーを増やさないとダメかしらね」

「ええ。いまいる子たちも一生懸命やってはくれているんですが」

「それは判ってる。でも、たまには休日返上で働いてもらいたいわね」

「店長、あの……」

太田はこちらの様子をうかがうような目をしたまま、言いよどむ。

千尋は小さくうなずき、笑った。

「心配しないで。弟の件は、私には何の関係もないわ。もう何年も会っていなかったし。昨日は警察に呼ばれて一日潰れちゃったけど、きちんと説明しておいたから」

「お疲れではないですか？　今日一日くらい、私たちだけでやりますけど」

「大丈夫。あ、あなたたちを信用してないわけじゃないのよ。いまは大事な時期でしょう？　ゆっくり休んでいられないから」

千尋の笑顔に安心したのか、太田は「判りました」と言って、その場を離れた。

千尋は店内に通じるドアを入る。

まず気にするのは、臭いだ。ペットショップだから、無臭というわけにはいかない。それでも、毎日の掃除を徹底し、生体の世話を完璧にこなせば、不快な臭いなどするはずもない。

床にはチリ一つ落ちておらず、商品の陳列も申し分なかった。

千尋は晴れやかな気持ちで、生体のコーナーに赴いた。

千尋の経営するLAW OF THE JUNGLEは、売り場面積八十平方メートル、中規模のペットショップで、サロンやホテルも備えている。従業員六名、美容室勤務のトリマー三名で運営し、車で五分ほどの動物病院とも提携していた。

生体販売も行ってはいるが、その数は通常のショップより少ない。文鳥などの小鳥、熱帯魚、ペットとして最近人気のハムスターやフェレットなどがいるだけで、犬や猫は置いていない。

その代わり、ペット用品などは他では真似のできない品揃えを目指している。自ら各地に出向いて最高品質のペットフードを探し、必要とあらば海外へ飛んで、契約を結んでくることもある。

千尋は熱帯魚を観察し、水槽、サーモスタットなどの陳列状況を見る。その後ろでは、文鳥が低い声でさえずっている。この鳥は店に来てまだ三日だが、早くも情が移り始めていた。カゴの中は清潔で、餌、水も交換されている。

無心に飛び回る小鳥を見ながら、千尋は二日前の夜のことを思い返していた。

二三子の家を出て、合い鍵を使いドアを締めた。合い鍵はバスローブ、スポンジ、手袋と共に、ビニール袋に入れた。車で現場を離れ、途中のコンビニでビニール袋を捨てた。いまごろは回収不能になっているだろう。

午前十時を知らせるチャイムが鳴った。いよいよ、開店だ。

スタッフが表のドアを開けると、数人の客が入ってきた。先頭にいるのは、上得意である笹口憲美《ささぐちのりみ》だった。トイプードルをキャリーに入れ、優雅な足取りで近づいてくる。

「千尋さん、こんにちは」

「笹口様、本日はご予約ありがとうございます」

「明日、うちに友達が来るから、少しおめかしさせようと思って。あ、心配しないでね、あまり騒がしいところには置いておかないし、集まりは夕方までだから、この子の生活リズムが狂うことはないわ」

「笹口様ですから、心配などしておりません。どうぞ、ごゆっくりお楽しみください」

「ありがとう」

憲美はキャリーを抱きかかえ、美容室のある二階へと、階段を上っていく。

店内には三人の客がいた。全員女性で、初めて見る顔ばかりだ。

千尋はレジの傍に立ち、それとなく客の様子を見守った。

一人だけ、明らかに異質な客がいた。紺のスーツを着た、小柄な女性だ。バッグを肩から提げ、物珍しそうに周囲を見ている。

生体目当ての客ではなさそうだ。といって、飼育用品の購入とも思えない。そもそも、ペットを飼っているようには見えない。

千尋は女に近づいた。

「お客様」

女は怯えたように身を強ばらせ、ぎくしゃくとした動きでこちらを見た。

「はい?」

「私にご用なのではありませんか?」

「えっと、あなたは……佐々千尋さん」

「はい。警察の方とお見受けしました。お話があるのでしたら、裏でお願いしたいのですが」

「その前に一つ」

女はぴんと人差し指をたてた。

「何でしょう?」

「犬はいますか?」

「犬?」

「はい、ワンと吠える犬です」

「私どもでは、犬の店頭販売はいたしておりません」

「そうですか」

女の緊張が取れた。どうやら、相当な犬嫌いらしい。

「こちらへどうぞ」

千尋は再び裏の搬入場所へ向かう。

積み上がった段ボール箱の脇を抜け、千尋は壁際の一角で女と向き合った。

「それで、ご用件は?」

女は慌てて鞄の中を漁り、警察バッジをだした。

「警視庁捜査一課の福家と申します」

「佐々千尋です。弟のことでお見えになったのですよね」

「はい」

「何度かご連絡をいただいたけれど、返事は同じです。弟とは断絶状態で、つき合いは一切ありませんでした。法律上は弟かもしれませんが、血の繋がりもないわけだし、身許の確認だとか、遺体の引き取りだとか、する義理はないと考えます。お判りいただけます？」

「はい、判りました」

「なら、お引き取りいただけますか？」

「それがその……今日うかがったのは、捜査のためなのです。二、三、質問をさせていただけませんか」

「捜査？」

「はい。佐々健成さんの死について」

「でも、犯人はもう判っているのでしょう？　名前は忘れたけれど、つき合っていた女性の犯行だとか」

「はい。状況を見る限り、それで間違いないと思われます。ただ、私の上司が細かいことにうるさい人間で、きちんとした報告書をだせとうるさいのです。型通りの調べではあるのですが、一応やっておきませんと」

「融通が利かないところは、警察もお役所なのね。判りました、何でもきいてください」

福家はバッグから手帳をだし、パラパラとページを繰った。

「あなたは、健成氏とは姉弟の関係でいらした」

「母の再婚相手の連れ子よ。私が十五歳のときでした。調べれば判ることだけど、継父や弟との折り合いは良くなかった。家を出て以降は、疎遠になる一方でした」

「ご両親はいまから五年前に、交通事故でお亡くなりになっていますね」

「ええ。だから法律上、たった二人の姉弟ってことになりますね」

「お父様は、かなりの資産をお持ちだったとか」

「相続のときはけっこう揉めました。そのへんも調べてあるんでしょう?」

「はい。一応は」

「株や土地、現金、すべて等分にしました」

「このお店が建っている土地ですが、弟さんの名義になっていますね」

「ここは、両親の家があったところなんです。当時弟は職を転々として食うや食わずの生活だったから、私が店としてここを借り、彼に家賃を払うってことで合意したんですよ。本意ではなかったけれど、弁護士の勧めで」

「なるほど」

福家は手帳にペンを走らせている。

「報告書は完成しそう?」

「はい。おかげさまで」

「なら、そろそろ失礼していいでしょうか。お店が心配なので」

「申し訳ありません、もう一つだけ」

千尋は腰に手を当てて、福家を睨む。

「何かしら？」

「一昨夜は、どちらにいらっしゃいましたか」

「どうしてそんなことをきくんです？」

「先も申し上げたように、これは型通りの質問です。報告書に記入することになっておりますので……」

何て頼りない刑事だろう。上司の指示に、盲目的に従うだけか。捜査一課の警部補とのことだが、どうせ試験の点数がいいだけの、役立たずに違いない。

「一昨夜は、お店で残業して、家に帰って寝ました。私は独身だし、証明してくれる人もいませんけど」

「判りました、ありがとうございます」

「お帰りはあちらから」

「どうして犬がいないのでしょうか」

「え？」

「犬です。いまはペットブームだと聞きます。中でも、犬と猫は一番人気だとか。どうして人気の犬がいないのか、気になりまして」

「それ、捜査と関係あるの？」

福家はずり落ちた眼鏡を指で上げ、言った。

「いえ、個人的な興味です」

福家の顔を見つめたまま、思わず笑みがこぼれた。

「うちは幼犬、八週齢以下の犬は扱わないことにしているんです。ブリーダーと提携して、ある程度大きくなった犬を、現地に足を運んで見てもらうシステムなの」

「欧米などでは、幼犬の販売は禁止されているそうですね」

「よくご存じね」

「動物に詳しい同僚がいまして」

「犬は抱かせて売れ、これが日本のペットショップの現実なの。八週齢に満たない子犬を仕入れ、ケージに入れて人目にさらす。興味を示した客には、抱かせてかわいさをアピールする。こんなことをしている先進国は、日本くらいよ」

「よその国は違うのですか?」

「八週齢以下の販売を法律で禁止しているところもあります。かわいいからといって、幼犬を店で買うなんて、リスクが高すぎる」

「なるほど」

「犬嫌いのあなたに愚痴を言っても始まらないけれど」

「貴重なお話を、ありがとうございました」

女刑事はぺこんと頭を下げた。

「ご苦労様」

段ボール箱の間を抜けていこうとした福家が歩みを止め、こちらを向いた。

「一つ、質問を忘れていました。弟さんの自宅に行かれたことは？」

「ないわ」

「ありがとうございました」

小柄な刑事の姿が消えると、千尋は店に戻った。

健成や二三子の死については、何も感じなかった。唯一の気がかりといえば、健成の家にいたラブラドールレトリバーだ。激しく吠えていたあの犬。いま、どうしているのだろう。

六

山脇清《やまわききよし》は、鼻血をだして路上にへたりこんでいる男を見下ろしていた。軽く殴っただけなのに、鼻の骨にヒットしてしまった。右拳が、かすかに痺れている。

「手間かけさせやがって」

山脇は、相手の目線まで身をかがめる。

「五万円、約束したよな」

戦意を喪失した相手は、こちらの言うがままだった。財布から一万円札を五枚抜き、きっちり揃えて差しだした。

山脇は枚数をこれ見よがしに確認すると、「毎度どうも」と笑って腰を上げる。

「次回は、もう少し素直に払ってもらえると助かる」

路地を出ると、車の往来の激しい大通りに出る。裏通りで振るわれた暴力に、誰も気づいた様子はない。

山脇はスマートフォンをだし、事務所に電話を入れた。

「きっちり回収しました。あの調子なら、次回からは素直に払いますよ。もう一軒回ったら、戻ります」

スマホをポケットに戻すと、目の前に小柄な女が立っていた。

「何だ、おまえ？」

「山脇清さんですか」

「きいてんのはこっちだ。まずおまえが答えろ」

女はバッグから警察バッジをだした。

「警視庁捜査一課の福家と申します。少しお時間をいただきたいのですが」

「そんな暇はねえよ」

山脇は福家の脇を抜け、歩きだした。

「片岡二三子さん、ご存じですね？」

福家はちょこちょこと後ろをついてくる。

山脇は無視して歩き続けた。先の信号が間もなく赤に変わりそうだ。山脇はダッシュした。

かつて陸上部で鍛えた足だ。チビの女についてこられるはずもない。横断歩道を渡りきり、大きく息をついた。

「片岡さん、ご存じですよね」

その声に、山脇は飛び上がった。福家は息一つ乱さず、ぴたりと背後についていた。

「あ、あんた……」

「ご存じですよね」

「あ、ああ、知ってるよ」

「歩道の真ん中というのも何だから、あっちへ行って話さない？」

福家はいつの間にか、左手に手帳、右手にボールペンを持っていた。そのペンで歩道の端を示す。

抗いようもなく、山脇は雑居ビルの壁にもたれかかった。

「で、ききたいことってのは？」

「片岡二三子さんは、あなたの会社に借金があったようね」

「ああ。金額までは知らないが、がっつり借りてたらしい」

「あなたは毎週、利息分の取り立てをしていた」

「それが仕事なんでね。あ、申し遅れました、私、こういう者です」

スーツの内ポケットから名刺をだして渡す。

「どうせ、調べはついてんだろうけど」

「金井産業。役職は課長。その歳で立派ね」

山脇は、何とも言えない居心地の悪さを覚えていた。この女刑事は、いままで相手にしてきたヤツらとはまったく違う。摑み所がなく、何を考えているのか、まるで判らない。

「片岡二三子さんは俺の担当でね。毎週、決まった時間に家を訪ねることになっていた」

「返済額は、一回いくらだったの？」

「六万円。返済は順調で、楽なお客さんだったな。しかし、まさか人を殺して自殺するなんて……。まったく頭がいてえよ。あの女が死んだのは、たしかに気の毒だと思う。だけど、こっちにも生活があんだよ。残金は回収できないわけだしさ。怒られるのは俺だぜ。下手したら立て替えだよ」

「もともと法外な利子を取っているわけだから、あなたが頭を痛める必要はないでしょう」

「言ってくれるね、刑事さん。その通りかもしんないけど、それであの女が助かっていたことも事実なんだぜ。片岡二三子の素姓は摑んでいるんだろう？」

「三十になるまでは、銀座の高級クラブにいたようね。その後は店を転々とし、一昨年、駅前のスナックの雇われママになった」

「そこも先月、クビになったんだよ」

「五年前に薬物所持で検挙されている」

「酒に薬に男。どうしようもない女だよ」

「ここ最近の払いは順調だったのでしょう？」

「ああ。どうやら新しい男ができたみたいだった。だらしのない女だが、不思議と男受けはよかったから」

「その男が誰だったか、判らないかしら」

「さあな。担当だからって、そこまで踏みこみはしない。払うもの払ってくれれば、それでいい。なあ、刑事さん、何のために俺を呼び止めたのか知らないが、俺は事件には関係ない。アリバイだってある」

「あなたを犯人だなんて、思ってはいない。ききたいことがあっただけ」

「なら、もう十分だろ」

「最後に一つ。次の返済日はいつだったの?」

「返済日って、二三子のかい?　明日の午前中、部屋を訪ねる約束だった」

「いつも自宅で?」

「ああ。留守のときは勝手に上がってもいいことになってた。金は巾着に入ってるからって。合い鍵もくれたぜ」

「合い鍵?」

「そう、これ」

山脇はポケットからキーリングをだして見せる。自宅や車のキーに交じって、二三子の部屋の鍵があった。

「だけど、もういらねえんだよな。刑事さん、返しておいてくれるかい」

リングからキーを外し、ひょいと放り投げた。福家は片手で受け止め、するりとポケットにしまった。

「他に合い鍵を持っていた人を知らないかしら」

「さあねぇ。でも、何人かいるって、いつだったか言ってたよ。不用心だからやめろって、この俺が説教したくらいだからさ」

福家はかすかにうなずくと、パタンと音をたてて、手帳を閉じた。

「あなたは色々な修羅場を見てきている。率直な意見を聞かせてくれないかしら。片岡さんは、自殺を考えるような人だった？」

山脇は開きかけた口を閉じた。この刑事らしからぬ刑事のペースにすっかり取りこまれている。これ以上、正直に答えるべきなのか。

だが、何か裏があるとも思えない。下手に逆らって、二三子の一件が拗《こじ》れても面倒だ。

「あの女が自殺するなんて、あり得ねぇ。したたかな面はあったが、その実、お人好しで気のいいヤツだった。内に溜めこむタイプでもねぇし、嫌なことも、酒飲んで一晩で忘れちまうような女だった」

「片岡さんは、硫化水素を吸って亡くなったの。状況から、発作的な自殺とは考えにくいのよ」

「つまり、ガス発生に必要な薬剤を、前もって買っていたってことかい？」

「事件の起こる数日前、ガムテープと一緒にね。可能性は二つ、片岡さんはもともと自殺願望があり、殺人は実行のきっかけにすぎなかった。あるいは、初めから殺人を決行して、自殺するつもりだった」

「うーん、どっちもあの女らしくねえな」

「ありがとう。参考にさせてもらうわ」

「もう、行っていいかい？」

「構わないけど、ひと言、注意しておく。あまり調子に乗らないことね」

「はいはい、判りましたよ」

山脇は右手を挙げて、その場を後にした。それが虚勢であることは、よく判っている。女刑事の最後のひと言には妙な迫力があった。笑い飛ばそうとしても、頭の片隅にこびりついて、まとわりついてくる。

調子になんて、乗ってないさ。

山脇はスマホを取りだすと、次の「得意先」に電話をかけた。

「山脇だけど、準備できてるかな？　ほう、おりこうさんだ。十分で行くから」

気配に振り向くと、さっき殴り飛ばした男が立っていた。鼻血は既に乾いて、鼻から唇にかけて、どす黒い模様が出来上がっている。男はヤニに染まった歯を剝きだし、鉄パイプを頭上高くに構えて山脇に向かってきた。とっさにスマホを持った右手で防ぐ。手首に鉄パイプがめりこんだ。スマホがどこかへ飛んでいった。

叫び声をあげながら、山脇はその場にへたりこむ。男が再度、鉄パイプを振り上げた。

「おい、誰か……」

助けは来なかった。

七

「いや、しかしねぇ」

午後五時半、電話の向こうでは、やっとつかまった弁護士が、煮えきらない言葉を繋いでいる。

事が具体的になるまでは、誰よりも強硬な主張を展開していたくせに。

「あなた方が動くというのは、感心できません。やはり、行政に任せるべきでは？」

千尋はため息をついた。苛立ちが募る。

「それに関しては、何度も話し合ったじゃありませんか。行政といっても、どこを当てにするんです？　警察ですか、動物愛護センターですか」

「もう一度、警察に話をするのがベストだと思います。最近は、動物虐待専用のホットラインを開設している県警もあります。警察も問題視しているんです。それに今回は、失礼ながら殺人事件も絡んでいる。力を貸してもらえるよう、話し合う余地は……」

「その件についても議論したじゃないですか。警察に足を運び、いろいろと方策を検討した。

その結果、彼らは当てにできない、全員がそう結論づけた」

「いや、しかし……」

「たとえ行政が動いたとしても、救いだされた犬たちはどうなります？　一定期間保護されて、最後は殺処分です」

「そこは、そうならないように……」

「どちらにしても、もう時間がないの。弟が所有していた土地には、ひどい扱いを受けている犬たちが助けを待っているのよ。いま、この瞬間もね。私たちは明日、現地へ行きます」

今度は弁護士がため息をつく番だった。

「申し訳ないが、私は参加できない」

「判っています。もともと期待していません」

あなたに相談した私がバカでした、というひと言を、ギリギリで呑みこむ。

「佐々さん、最後に一つだけ言わせてください。あなたご自身は、現地へ行かない方がいい。万が一、先方に人がいて立入りを拒んだ場合、こちらが悪者になる場合もある」

「その点は、既にご教示いただいています」

「ならば、私の言うこともお判りいただけるはずだ。強引に立ち入れば不法侵入に問われるし、犬を持ちだせば窃盗で訴えられる」

「覚悟の上です」

千尋は通話を打ち切った。

不法侵入？　窃盗？　こっちはもうとっくに、その一線を越えているのよ。

思わず笑みが浮かんでいた。

「佐々さん」

突然声をかけられ、ポケットに入れようとしていたスマートフォンを取り落としかけた。

店の裏側にある形ばかりの店長室で電話をかけていたのだが、いつの間にかドアが開き、福家が立っていた。

「刑事さん……」

「お忙しいところ、申し訳ありません」

ぺこんと頭を下げる。

この刑事、いつからそこにいたのだろう。あの笑みを見られてしまっただろうか。

千尋は書類の散乱するデスクを整えるふりをしながら、気持ちを立て直す。

「今度は何かしら」

「実は、お願いがありまして」

どこからともなく、犬の吠える声が聞こえる。今日、店に来る犬はいなかったはずだ。二階のサロンとホテルは、近所の迷惑にならないよう完全防音になっている。

そんな千尋の様子を見て取ったのか、福家は搬入路の向こう側にちらりと目をやった。

「犬を一頭連れてきたのです」

「犬？」

「弟さんの自宅の一階にいた犬です」

「聞いているわ。虐待を受けていたラブラドールレトリバーね」

「とにかく人を見ると吠えかかるのです。我々ではどうしようもなくて」

「最近の警察は、犬の面倒まで見るの？」

「今回は少々、事情がありまして。犬を引き取りたいと申し出た方がいらっしゃるのです。遺体の発見者なのですが」

「不思議な縁ね」

「ただ、いまのままではどうにも飼うことはできません。我々としても、ここで手を引くわけにいかず、どうしたものかと思案しているときに、思いだしたのが、あなたのことです」

千尋は苦笑する。

「私なら、何とかできるとおっしゃるの？」

「ええ。ドッグトレーナーをされていたとか」

近ごろは、佐々千尋の名前が認知されつつある。店は何度か取材を受けたし、動物虐待を扱ったドキュメント番組などにも出演している。インターネットには、かなりの情報が出ているはずだ。

とにかく、店まで乗りこんできた者を追い返すこともできない。店員や客の目もある。

千尋は立ち上がり、言った。

「犬はどこにいるの？」

「こちらです」

福家が手を挙げると、ワンボックスがバックで入ってきた。後部の荷台に置かれた檻の中で、薄茶のラブラドールが歯を剝きだしにして、吠えまくっている。

劣悪な環境とはいえ飼われていた場所から引っ張りだされ、車で長時間の移動を強いられれば、どんな犬でもストレスが溜まる。精神状態は最悪だろう。

千尋の胸に、犬を連れてきた福家に対する苛立ちと、犬への哀れみが広がった。

千尋は福家に向かって言った。

「犬のケアが必要ならば、連れてくるのではなく、私を犬のいる場所に連れていってほしかったですね。あなたがたはみんな、そう。犬のことを哀れんでいるようで、実際は人主導で物事を進めていく。動物の気持ちなんて、何も判っていないの」

「申し訳ありません」

福家が頭を下げる。車のエンジンが止まって運転席のドアが開き、作業着姿の若者が降りてきた。

「警部補、これでいいですか？　もう犬の声がすごくて。頭がおかしくなるかと思いましたよ」

そこで初めて千尋に気づいたようだ。慌てて口を閉じ、「どうも」と頭を下げた。

福家が言った。

「二岡君、もう少し手伝ってくれる？　私、ちょっと……」

「判ってますよ。犬が苦手なんですよね。僕がやります」

二岡と呼ばれた男は、ワンボックスの後部扉を開ける。頭のてっぺんから抜けるような甲高い吠え声が轟いた。

福家が三歩、ささっと後ろに下がりながら、千尋に言った。

「保護したときから、この調子なのです。引き取ると言ってくださった方も、困り果てておられまして」

千尋は犬の目を見つめながら言った。

「一日二日で大人しくさせるのは、とても無理ね。もしかしたら、一生かかっても無理かもしれない。本当にかわいそう」

千尋に見つめられ、犬は居心地悪そうに、ソワソワと首を振った。ほんの少し、トーンダウンしてもいる。

「引き取り希望の方は、そのことを承知しているのかしら」

「はい。自分のところで育てたいという、強い希望をお持ちです」

千尋はしゃがみこんで、犬と目を合わせた。そのまま、ゆっくりと近づいていく。

犬は既に吠えるのをやめていた。犬を見つめたまま、檻の戸を開く。

そっと手を差しだすと、犬はハッとして身を硬くする。牙を剝き、低く唸った。千尋は手をだしたままじっと待つ。

犬が手から目を離し、頭を垂れた。さらに数秒待ち、ゆっくりと、柔らかく首筋を撫でてやる。犬はまったく反応を見せない。拒否はしないが、受け入れた様子もない。

それで千尋は満足だった。こちらに敵意のないことだけは、理解してくれた。

さらに時間をかけ、犬を落ち着かせると、静かに立ち上がった。

スタッフを呼び、必要事項を伝えた。スタッフは犬にリードをつけ、優しく奥へ連れていく。病気の有無、予防接種の確認を始め、やらねばならないことは山とあった。犬の状態からして相当に手こずるだろうが、皆、ベテランであるから何とかこなしてくれるだろう。

犬は吠えることもなく、頭を垂れたまま、素直についていく。その寂しげな様子は、千尋の胸を詰まらせた。

「あの犬は、私が支援しているシェルターに受け入れてもらいます。どれくらいの期間で飼い主に渡せるかは判りません。それから、飼い主希望の方には、何度か私たちスタッフと面接してもらいます。犬を飼うに足る人物だと私たちが判断できたら、引き渡します」

「随分と厳しいシステムなのですね」

「こうでもしないと虐待はなくならないの。どうかしら、これだけの条件を呑んでもらえそう？」

「おそらく大丈夫だと思います。そのへんは私から伝えます」

「それじゃあ、この車、動かしてくださる？　檻も持っていって。こんなもの、いらないから」

「判りました」

福家が指示するまでもなく、二岡は素早く檻を積み、運転席に戻った。エンジンがかかり、車はすぐに出ていった。

「それで、刑事さん……」

車を見送った千尋が振り返ると、福家がいない。見れば、福家は倉庫に入りこみ、ペットフードやシャンプー類の詰まった段ボール箱をのぞいては、「へえ」だの「ほー」だの言っている。事情を知らないスタッフたちは、眉をひそめ、遠巻きに様子をうかがっていた。

「刑事さん」

千尋は福家に近づいていった。

「まだ何かご用？　それとも、ここに残っているのは、ただの好奇心かしら」

福家が目をキラキラさせながらのぞいているのは、小鳥用の餌が入った箱だった。

「アワ、ヒエ、キビ、粟玉、焼き砂、ボレー粉などをブレンドしたものよ。うちのオーダーで特別に作ってもらっているの。刑事さん、小鳥を飼っていらっしゃるの？」

福家は首を左右に振る。

「いえ、飼うのは無理だと思います。家にはほとんど帰れませんし」

「仕事柄、ペットは無理か」

「はい」

「どちらにしても、私が見た限り、あなたは動物を飼うような人ではないと思うけれど」

「どうして、そう思われるのでしょう」

「理由なんてない。ただ、私にはどうしても見えてこないの。あなたが動物に癒やしを求めている姿が」

それに対し福家は、きょとんとした顔のまま、何も答えなかった。

「さてと、用事がないのなら、そろそろ失礼するわ。伝票の整理とか、やらなくちゃならないことがいっぱいなの」

「あと少しだけ、お時間をいただけませんか」

福家が段ボール箱の脇をするりと抜け、千尋の隣に立った。どこから取りだしたのか、表紙のすりきれた手帳を持っている。

千尋は眉を寄せながら、腕時計に目をやった。むろん、当てこすりだ。今日は閉店までこれといった予定はない。

「手短にお願いできる?」

「承知しました」

「どうせ健成のことなんでしょう? 前にも言ったけど、弟とはいえ、ほとんど断絶状態だったから」

「いえ、今日うかがいたいのは、犬のことなのです」

「犬?」

「先ほどは感服しました。あれだけ吠えていた犬が、ぴたりと大人しくなりましたから。あれは、どういった技なのでしょう。何か、コツのようなものですか」

千尋は苦笑する。いままで、同じ質問を何度されてきたことか。

「技とかそんなものではないのよ。本当のところ、私にも判らない」

「判らない？」

「ええ。誰かに教えてもらったわけでも、勉強して編みだしたわけでもない。自然にできていたの。吠えている犬の前で急にしゃがんだり、不用意に手をだしたり、本当なら、やってはいけないことだわ。でも私の場合、それで犬が大人しくなってくれるの」

「誰にでもできることではないのですね」

「そうね。広い世界には、私なんかよりずっと凄い人がいるかもしれないけれど」

「あの犬が、健成さんの自宅の一階で飼われていたことはご承知ですね」

「ええ。ひどい環境だったことも聞いています」

「それが原因なのでしょうが、かすかな音や気配に怯え、常に緊張している。事件当夜も、犬は盛んに吠えていたとの証言があります」

「それは当然でしょう。犬は巧みに人の心情を読み取るの。気配を察することだってできる。自分のすぐ傍でひどいことが起きれば、すぐに感じ取ったはずよ」

「はい。犬が吠えたことについては、まったく問題ありません。私が引っかかるのは、一時的に吠えるのをやめたことなのです」

電流に触れたような衝撃が、全身に走った。動揺を押し隠し、千尋は小柄な福家を見つめた。

外見や行動だけで判断してはいけない。スタッフや面接に来る飼い主たちに、口を酸っぱくして言い続けてきたことだ。自分自身が同じ過ちをするなんて。

千尋は福家に対する先入観を、頭から追いだした。

千尋、慎重にいきなさい。

「それは、どういうことかしら」

「犯行時刻の前後に、一時的ですが犬の吠え声がやんでいるのです。そこがどうにも引っかかりまして。逆ならば判るのです。犯人の姿や近くで起きた諍いの空気を感じ取り、それまで大人しかった犬が吠え始めた。それならば、何の問題もありません。でも、現実は逆なのです」

「あなたが言いたいのは、こういうことかしら。弟を殺したあの女が、何らかの方法で犬を静かにさせたと?」

「その可能性もあるのではないかと考えています。そこでおききしたかったのです。いま、あなたがなさったようなことを、他の誰かが真似することはできるのか」

「それは何とも言えないわね。何しろ私自身、よく判っていないのだから。ただ、そんなに悩むことではないと思うわ」

「と言いますと?」

「猛り狂っている犬でも、ずっと吠え続けることはできない。疲れもするし、何かで注意がそれることもある。犯行時刻は夜だったのでしょう?」

「午後十時前後と思われます」

「吠え疲れて眠ってしまったと考えるのが、一番妥当でしょうね。あの女は、ちょうどそのときにやってきた」

「なるほど。眠ってしまった、ですか」

福家はボールペンで、手帳に何事か書きつける。

「疑問は解けた？」

「はい。この点に関しては」

「他にも疑問があるみたいな言い方だけど」

「実を言いますと、そうなのです」

福家が半歩近づいてきた。餌に吸い寄せられる猫のようだ。

「殺害されたとき、弟さんは全裸でした」

「全裸？」

「正確には、腰にバスタオルを巻いていたと思われます」

千尋は思わず、噴きだしてしまった。

「ごめんなさい、笑うところではないわね。でも、弟らしい終わり方だなと思ってしまって」

「健成氏は、犯人がやってくる直前まで、シャワーを浴びていたようです。浴室もバスタオルも湿っていました」

「話の要点が判らないわ。なぜ、裸だったことが問題になるのかしら」

「実験してみたのですが、浴室でシャワーを使っていると、その音でインターホンが聞こえないのです。健成氏がシャワーを浴びてリビングに戻ったとき、インターホンが鳴ったと思われます」

「弟は彼女を招じ入れた。疑問の余地はないと思うけれど？」

「ドアのロックを外し、彼女が上がってくるまで、健成氏はずっと全裸——タオル一枚だったのでしょうか。これも実験してみました。玄関ドアを開け、階段を上り、部屋に入るまで、約四十五秒から一分かかります。犬の状態もあったでしょうから、少し幅を取ってありますが」

「あなた、そんなことまで実験したの？」

「はい。疑問は放っておけない性格なので。何にせよ、健成氏はその間、ずっと全裸、正確に言いますとバスタオル一枚で、彼女の入室を待っていた」

「犯人の女性とは恋人同士だった。おかしくはないんじゃない」

「事件当夜、現場周辺は相当な冷えこみでした。水たまりに氷が張るくらいです。しかも、あの部屋は奥の小窓が壊れていて、閉まらなくなっていました。現場に行って判ったのですが、冷たい風が吹きこんで、室内でもコートを着たいくらいだったのです。あ、私、寒がりでして」

小窓？　千尋はあの夜のことを思い浮かべた。部屋の奥に窓はあっただろうか。いや、カーテンが閉まっていた。陰になっていて見えなかったのだ。あのとき部屋はそれなりに暖かく、興奮していたせいか、隙間風も感じなかった。

「でも、暖房くらいはあったのでしょう？」

「故障していました」

「でも……」

石油ストーブがあった、そう言いかけて、口をつぐむ。自分は弟宅には一度も行っていないと証言した。

福家は表情を変えず、じっと千尋の答えを待っている。

「他の暖房器具はなかったの？」

わずかな間があって、福家は答えた。

「石油ストーブがありました」

「だったら、ストーブがついていたんでしょう」

「はい。あの晩、給油した形跡がありました。灯油がなくなって消えたのは、明け方過ぎだと思われます」

「それで問題解決ね。隙間風で多少は寒かったかもしれないけれど、すぐに彼女をベッドに誘う気だったんでしょう。とにかく、私は弟についてほとんど何も知らないから」

「健成氏がブリーダーをやっていらしたこと、ご存じでしたか？」

急に話が飛んだ。これが、この刑事のやり方なのだろう。だが、この程度で参っていたら、動物の世話などできはしない。動物の行動は予測がつかず、その場その場で対処していかなければならない。千尋は、福家を扱いづらい小動物だとイメージして、話を進めることにした。

「もちろん。一応、同じ業界だから。聞くのは悪い噂ばかりで、私が弟と距離を置いていた理由は、ここにもある。同じ穴の狢《むじな》と思われたくなかったの」

「ブリーダーの事業はそこそこ儲けを生んでいたようですが、弟さん自身は、かなりの借金を抱えておられたようです」

「こちらも大変な迷惑を被《こうむ》っているところよ。弁護士と相談して、対処しないと。この土地もろとも取り上げられてしまう」

福家は室内を見回した。

「場所もいいですし、広さも申し分ありません。売ってほしいという申し出は多いでしょうね」

抑えようもなく、声に力が入った。

「ここはね、私がすべてをかけて作り上げたのよ。絶対に手放すことはできないわ」

福家はにこりとして手帳をしまった。

「お忙しいところ、ありがとうございました」

こちらに背を向けた福家は、傾き始めた日を浴びながら歩いていく。長い影が、やがてぴたりと止まった。

「あのぅ……」

　おずおずと振り返る。そんな様子を、千尋は腕を組みながら眺めていた。

「まだ、何か」

「私、犬が苦手なのです」

「ええ、そのようね」

「さすがです。もうお判りでしたか」

「あなたの様子を見ていれば、誰にでも判るわ」

「怖いとか、気持ち悪いとかではないのです。あの目といい、毛並みといい、どうにも近づき難くてですね……」

「そういう人は、けっこういるものよ。犬も蛇も、同じ生き物。犬をかわいいと思い、蛇を気持ち悪いと思う人もいれば、その逆の人だっている。別に、おかしなことではないでしょう?」

「ええ……」

「気に病むことはないわ」

「ですが、刑事としてはみっともない限りです。何とかする方法はないでしょうか」

「あるわ」

　福家の頬が、わずかに赤くなった。

「本当ですか?」

「犬に近づかないこと」
千尋は福家に背を向け、店に戻った。

八

山肌に沿って続く曲がりくねった細道を、千尋たちを乗せたワンボックスが進んでいく。一時間ほど前に夜が明け、ようやく見通しが利くようになった。

ハンドルを握るのは、動物愛護団体「アニマルガード」の主宰者、西村知将だ。日本人だが、日本よりドイツに住んでいた期間の方が長い。

茶色い髪は鳥の巣のようにくしゃくしゃで、真冬だというのに薄い半袖シャツ一枚。太い上腕には、火の鳥の入れ墨がある。

車内には千尋と西村の他に、年齢も体格も様々な六人の男が乗っていた。皆、押し黙り、緊張に強ばった顔を前に向けている。

アニマルガードは、欧米のアニマルポリスのような団体を目指し、五年前に立ち上げられた。動物の虐待、遺棄を取り締まる明確な法律がない日本の現状を憂い、法制化に向けて各方面に働きかける。設立当初は、その理念に共鳴する者が多く参加を表明し、上々の船出だった。

だが、一年もすると、状況は変わり始めた。理想はあくまで理想であり、実現するには、まず金がかかる。アニマルガードの運営は基本的に寄付と募金で、活動の勢いはみるみる衰えていった。

それでも、西村たちは精力的に動いていた。各地に動物シェルターを造り、ボランティアを募る一方、インターネットを使った里親探しや、獣医ネットワークの整備、殺処分の現状を説く講演会などを行っていた。

そしていま、アニマルガードの活動で最も大きなウェイトを占めるまでになったのが、悪徳ブリーダーの摘発だった。

独自にブリーダーの情報を広く集め、警察など関係機関に通報、その一方で、動物たちを救出し、自分たちが運営するシェルターに収容していく。時には法律違反スレスレのことも辞さない西村たちのやり方には、熱烈な支持者がいる反面、強硬な反対派も存在していた。

千尋は透き通った冬晴れの空を見ながら、言った。

「西村さん、改めて言っておくわ。本当にごめんなさい」

ハンドルを切りながら、西村は人なつっこい笑みを浮かべる。

「千尋さんがどうして謝るんだ？　君はよくやってるじゃないか」

「でも、こんなことに巻きこんでしまって……」

「巻きこまれたわけじゃない。僕らは自分の意思で行動しているんだ。この半年、佐々健成について調べれば調べるほど、怒りがわいてきたよ。君の身内のことを悪く言いたくはないけれど、これればかりはどうしようもない」

「気にすることないわ。正直言って、ホッとしているのよ。死んでくれて」

西村が声をあげて笑った。

「おいおい、滅多なこと言うもんじゃないぜ。犯人が判っているからいいようなものの」

ふと千尋の頭に、福家の顔が浮かんだ。あの刑事……。

「そうね、気をつけるわ」

西村がダッシュボードをポンポンと叩く。

「さあみんな、今日はかつてないタフな現場だ。覚悟してくれよ」

「はい」

だが、六人の意気は上がらない。

当然だ。向かっているのは、悪名高きブリーダー、佐々健成の拠点だ。暴力団との繋がりも噂され、施設にはその筋の男たちがたむろしているとの情報もあった。しかも弁護士の忠告を無視して乗りこむのだ。

「おいおい、しっかりしてくれよ」

西村は明るく言ってみせたが、表情は硬いままだった。勝算は五分五分。一歩間違えば、ここまで積み上げてきた成果がふいになる。それでも彼は千尋に賛同し、行動を起こしてくれた。

表情が曇ったのを、西村は目の端に留めていたらしい。左手をそっと、千尋の膝に置いた。

バックミラーで、後ろの六人の視線を確認した。皆、憂鬱そうにうつむいている。西村の行動に気づいた者はいないようだ。

アニマルガードで、西村と千尋の仲は公然の秘密と言ってよかった。西村自身、隠そうともしていないし、メンバーの中には応援してくれる者もいた。

だが千尋は、西村のように振る舞うことはできなかった。いまも、西村の優しさより、周囲の目の方が気になってしまう。そんな性格が鬱陶しくもあり、逆にそこが自らの拠り所だという強い思いもあった。

気づけば、膝の上の手はなくなり、西村は低い声で鼻歌を歌いながらハンドルを握っていた。

千尋は道端にまで張りだした深い緑に目を移しつつ、後ろの六人のことを考えていた。

彼らの本音は判っていた。リーダーの西村は、女にそそのかされ、危ない橋を渡ろうとしている……。

皆の意気が上がらない理由の半分は、千尋自身に原因があった。

この状態が続けば、アニマルガードの組織にヒビが入りかねない。西村が苦労して作り上げてきたものを、自分が壊すわけにはいかない。

一度転がり始めた思考は、とめどなく広がっていく。

自分がいまの生活を捨てればいいのか。そんなことはできない。では、西村との関係を清算すべきなのか。

『動物のことばかり考えてないで、少しは自分の幸せを考えなさいよ』

最近、友人たちからよく言われる。

じゃあ、幸せっていったい何なのよ。

おのれの幸せを犠牲にしている意識は、千尋にはない。見返りを求めようと思ったこともない。

千尋は西村の横顔を盗み見る。西村はどう考えているのだろう。彼にとっての幸せとは何なのだろう。

「どうしたんだ？　ぼーっとして」

西村の声で、現実に引き戻された。山道の向こうに、プレハブの建物が見えてきた。胸の内のモヤモヤが吹き飛び、冷たい刃のような現実が迫ってきた。

「さあて、向こうさんはどう出るかな」

こんな状況でも、西村は口許に笑みを浮かべ、ハンドルを掌で叩いていた。

千尋はウインドウを開けた。風に乗って、かすかに犬の鳴き声が聞こえる。

車内の雰囲気が変わった。六人のメンバーも、さすがに気合いの入った顔になっている。

プレハブは森を切り開いた真ん中に建っており、窓はどれも金属板で塞がれていた。塀や垣根はなく、道路と敷地の境目に鎖が張られているだけだった。

西村は敷地の手前に車を駐め、皆に降りるよう言った。

車を降りると、さらに犬の声が大きくなる。

千尋はプレハブの全景を見渡した。建物は思っていた以上に大きいが、警備らしい警備は見当たらない。

「人気がないわね」

千尋は誰にともなく言った。答える者はいなかった。

西村が無言で建物に向かっていく。残る六人もそれに従った。張ってある鎖は形だけのものので、大人なら簡単に乗り越えられる。ざっと確認したところ、監視カメラもない。

インターホンの類いも見当たらないので、西村が出入口と思しきガラスの引き戸を叩いた。磨りガラスになっており、中の様子をうかがうことはできなかった。

一分ほど待ったが応答はない。再度、戸を叩く。

数分後、皆を包んでいた緊張がいくぶん和らいだ。

「誰もいないみたいですね」

西村の後ろにいた一人が言った。

「俺たち、ちょっと見てきます」

四人が二人ひと組になって離れていった。西村はなおも戸を叩き、来訪を告げる。

やがて、四人が戻ってきた。一人が代表して報告する。

「誰もいないようです。ただ……」

四人の顔色は青く、表情も沈んでいた。

西村は言った。

「ただ、何だ?」

「小屋の裏手にドラム缶が積んであります。それから、何かを埋めた跡も」

西村は唇を嚙む。

「そうか」

決意をこめた目で建物を見上げ、戸に手をかけた。

慌てて、一人が手首を押さえる。

「待ってください。所有者の承諾なしに入ったら、不法侵入ですよ」

「犬の声が聞こえるだろう? それ相当の理由がある」

「犬の鳴き声だけでは……」

「おまえたちは何もしなくていい。千尋さん、あなたはどうする?」

「もちろん、行きます」

千尋は一歩前に出た。西村の右に立つ男が、眉間に皺を寄せ、千尋を睨んだ。言葉にこそださないが、彼らは千尋を疫病神のように捉えている。西村に、アニマルガードに災厄をもたらす、不吉な魔女だ。

険しい視線を浴びながらも、いまは怯んでいる時ではなかった。千尋は男たちを睨み返しながら、西村のすぐ後ろにつく。

西村が戸を開けた。鍵はかかっていなかったようだ。いままでとは比べものにならない異臭が噴きだしてきた。千尋の後ろにいる六人は、うめきながら顔を背けた。

さすがの西村も腕で鼻を隠し、顔を顰めている。一方、千尋は異臭などまったく気にならなかった。眼前に広がる光景が、五感を奪っていた。

光のほとんど入らない室内に、金属製の檻が並んでいた。八十から百はあるだろう。そこここで、弱々しい吠え声や檻と犬の体が触れる金属音がする。

檻には犬が一頭ずつ入れられていた。一番手前の檻にいるゴールデンレトリバーは死んでおり、半ばミイラ化していた。その向かいのダルメシアンも同じだった。隣の檻にはチワワ。生きてはいたが、全身は糞にまみれ、ガリガリに痩せている。餌皿も水用の皿も見当たらない。おそらく糞に埋もれてしまったのだろう。同じく痩せたポメラニアンが体を丸め、薄く開けた目でこちらを見上げている。毛が抜けて赤黒い肌が露出しているプードルは、生死不明だ。目を閉じたまま動かない。

無理な出産を強いられた挙げ句、ボロクズのように扱われ死を待つ犬たち、様々な理由で売り物にならないと判断され、もはや生き物としてすら扱われなくなった犬たち。

この建物の中には、そんな境遇の犬がいったい何頭いるのだろう。

西村たちの会話が、耳に入ってきた。

「中には誰もいません」

「逃げたようですね……」

千尋はその場にしゃがみこみ、大きく息を吐いた。空気は凍えるほどに冷たかった。白い息が煙のように立ち上る。

安堵と怒りで気持ちの整理がつかなかった。

ふと顔を上げると、西村が立っていた。

「動物たちを置いて逃げだしたようだ。いま、警察に連絡を入れている」

勝った。千尋は内心、快哉を叫んでいた。

健成の死により、警察との関わりを恐れた仲間が逃げたのだ。

その結果、千尋たちは、置き去りにされた犬たちを保護することができた。

千尋は西村に言った。

「どうしてこんなことができるのかしら。私が見てきた中でも、ここは一番ひどい」

「ああ。ざっと見ただけだが、半数は既に死んでいる。残りの三分の一が重篤だ」

「あなたのシェルターだけで対処できる?」

西村は首を振った。

「到底、無理だ。行政とも連携して、引き受け先を探すしかない。仲間を総動員しよう」

「私の方でもできる限りの受け入れ準備をするわ。知り合いの団体にも声をかけてみる」

「長い闘いになるぞ」

「覚悟の上よ」

「よし」

西村が千尋の手を握り、力強い笑みを見せた。そんな西村の手もまた、氷のように冷たかった。

千尋の胸に、闘志がわき起こる。
自然と笑みが浮かんでいた。

九

LAW OF THE JUNGLEに戻ってこられたのは、昼を回ったころだった。店は臨時休業とし、トリミングの客には予約日を変更してもらった。

店の裏に車を駐め、倉庫のシャッターを開ける。疲労困憊であったが、誰もいない家に帰るより、ここにいる方が落ち着ける気がした。

救いだした犬は、全部で四十二頭だった。遺体として収容したのは十一頭、その数は今後も増えるに違いない。裏手にあったドラム缶や地面の下は、まだ確認していないからだ。そのことを考えると、悪寒が走る。

救いだした犬たちの今後については、西村が先頭に立って交渉している。全国のシェルターやボランティア、獣医が協力を申し出てくれているが、展望は見えていなかった。

犬たちはろくに水や餌を与えられておらず、予防接種も受けていない。感染症を持っているかもしれず、他の犬たちと一緒にすることはできない。電話で協力を依頼しても、取り付く島もなく断られることがほとんどだった。

行政に頼る道もあるが、その選択はギリギリまで留保したかった。自治体によって差はあるが、せっかく救いだした犬を、むざむざ殺処分の対象にはしたくない。

それでも、あきらめる気は毛頭なかった。すべての犬たちにきちんとした手続きを踏ませ、病気を治し、栄養状態を改善し、しっかりとした里親を探す。

そのために必要なのはお金だ。いつまでも寄付だけに頼っているわけにはいかない。マスコミを利用して世間の注目を惹き、同時にスポンサーを探す。

既に取材の依頼は入っており、インターネットなどを通じて呼びかけた寄付の依頼には、予想以上の反応があった。

「あのぅ……」

聞き慣れた声に、物思いの淵から引き戻された。

福家は半分ほど開いたシャッターの下から、こちらをうかがっていた。

彼女の来訪を、千尋は心のどこかで予想していた。家に帰らずここに寄ったのは、そのせいかもしれない。

「あら、福家さん」

「たまたま通りかかったら、シャッターが開いていたもので」

その言葉を鵜呑みにはできない。彼女は待っていたのだ。ここに千尋が戻ってくるのを。

「それで、ご用件は？　ご存じだと思うけれど、昨夜からほとんど一睡もしていないのよ」

「眠れない辛さは判ります。私も毎日、徹夜ばかりで……」

「あなたのことはどうでもいいの。私はいまとても疲れている、そう言いたかっただけ」

「あ、それは失礼しました。実は、おききしたいことが数点出てきたもので、お邪魔したのです」

「明日ではダメなの？」

「できれば今日中にお願いしたいのですが」

「とにかく、坐りましょうか」

千尋は自分のデスクへ案内し、向かいに折畳み式の円《まる》イスを置いた。

「どうぞ」

「ありがとうございます」

福家が席につくなり、千尋は強い調子で言った。

「無駄話はなし。すぐ用件に入って」

「承知しました。健成氏の殺害事件について、いくつか新事実が判明しました」

「それを、わざわざ報告に来てくれたの？」

千尋は脚を組み、顔を顰めてみせる。

「いちいち、そんなことする必要はないわ。何度も言っているように、弟とは疎遠だったし、そもそも犯人はもう判っているわけだから」

「はい。ただ、いくつか疑問が残っています。それらが完全に解決されませんと……」

「小うるさい上司が納得しない。そういうこと？」

「ええ」

「疑問といえば、弟が全裸で死んでいた問題。あれは解決したのかしら」

福家が人差し指をぴんとたて、身を乗りだした。

「まさにそこなのです」

そう言って、バッグから手帳をだす。

「被害者はなぜ、バスタオル一枚だったのか」

「いい福家さん、繰り返しになるけれど、訪ねてきたのは恋人よ。弟はすぐベッドに入るつもりだった、そうは考えられない？」

ふと脳裏を西村の顔が過《よぎ》った。二人きりで夜を過ごしたのは、いつのことだったか。

そんな思いを振り払い、頭から締めだす。目の前の相手に集中しなくては。

「実は、健成氏は女性関係がかなり派手だったらしく、部屋に出入りしている女性が複数いたようなのです」

千尋は顔を顰める。

「噂は聞いていたわ。そのことが結局、自分の首を絞めた。弟は嫉妬が理由で殺されたわけでしょう？」

「そうした見方もできます。ただ、いま問題となっているのは、被害者の恰好なのです」

「話があちこち飛ぶから、こんがらがってきちゃった」

「申し訳ありません」

福家は手帳に目を落としたまま言った。申し訳ないなんて、絶対に思っていないでしょう。心の内でつぶやきつつ、千尋は相手の出方を待つ。

「女性たちの証言によれば、健成氏はシャワーを浴びた後、いつもバスローブを着ていたそうです。いいものなんだと自慢げに語っていたとか。ところが、部屋のどこにも見当たらないのです」

「クリーニングにだしていたとか？」

「それについても調べました。健成氏は亡くなる四日前にバスローブをクリーニングにだし、当日引き取ったばかりでした。洗面所のゴミ箱に、クリーニング店の受領書もありました」

「なるほど。だけど、それにいったいどんな意味があるの？　私には見当もつかないけれど」

「犯人が訪ねたとき、健成氏はシャワーを浴びたばかりでした。女性たちの証言からして、お気に入りのバスローブを着ていた可能性が高いのです。にもかかわらず、それが見当たらない」

「つまり、どういうこと？」

「犯人が持ち去ったのではないかと思います」

「なぜ？」

「判りません」

「話にならないわ」

「では、これはどうでしょう。開いていた犬用ジャーキーの袋」

また話が飛んだ。ちょこまかと走り回るネズミのようだ。

「それのどこが問題なの？　弟は自称ブリーダーよ。ひどい扱いではあったけれど、犬も飼っていた。餌があって当然でしょう」

「それがですね、健成氏は亡くなった当日、そのジャーキーを買ったようです。ゴミ箱にレシートが捨ててありました。近所のスーパーで購入されています。時刻から見て、健成氏が帰宅したとき、ジャーキーの封は切られていなかったのです。それが、遺体発見時には開いていた。これはどういうことでしょうか」

「一階にいた犬にやったのでは？」

「そう考えて、あの犬をこちらへ連れてくる前に実験しました。犬の前にジャーキーを置いてみたのですが、見向きもしません。どうも口に合わなかったようです」

「あなたは何が言いたいの？」

「あの晩、部屋には別の犬がいたのではないでしょうか。買ったばかりのジャーキーの袋を開けている以上、そうとしか考えられません」

「犬がねぇ……」

「考えられる可能性は二つです。被害者が連れてきて犯人が連れ帰った、あるいは、犯人が連れてきて連れ帰った」

「犬連れの殺人犯ですって？」

「あくまで可能性です」

「あなた、さっきから犯人、犯人と言ってるけど、つまり片岡二三子でしょう?」

「仮に彼女ということにしておきましょう」

「含みのある言い方ね」

「状況を見る限り、片岡二三子が健成氏を殺害したと思われます。ただ、状況だけで事件を収束させることはできません。裏づけをしませんと」

「あなたの上司が納得しない」

「はい」

福家の上司とやらの顔を見てみたくなった。まさか、自分がここまでダシに使われているとは思うまい。

「いいわ、仮としておきましょう、犯人の二三子は犬を連れて弟宅に行った。その根拠は封を切ったジャーキーだけでしょう」

「テーブルについた煤も気になります」

「何ですって?」

「ベッドの傍にあったサイドテーブルに煤がついていたのです」

「それがどうかしたの?」

「気になりましてね、調べてみたところ、現場にあった薬罐に付着していた煤だと判りました」

「何が言いたいのか、よく判らないんだけど」

「誰かが、薬罐をストーブからテーブルに移したのです。テーブルはかなりの高級品ですが、熱い薬罐を直接置いたために、跡がついてしまいました。つまり、動かしたのは、持ち主である健成氏自身とは考えにくいのです。他の人物、例えば犯人が、とっさにやった——そんなふうに思えるのです」

「その煤が弟が死んだ日についたとは限らないでしょう?」

「はい。ただ、煤ですから。小窓が壊れていたせいで、室内には風が吹きこんでいました。煤がいつまでも残っているとは考えにくいのです」

「それも実験したとか?」

「いいえ、さすがにそこまでは」

「じゃあ、真相は判らないわね」

「犬のためだったのではないでしょうか」

「え?」

「薬罐を移動した理由です。現場には犬がいた。犬がストーブに接触したり、薬罐を倒して火傷するかもしれない。犯人はそう考え、とっさに行動した」

「だから、いったい何のために、二三子が犬を連れていくの? そこを説明して」

「飼いたかったのかもしれません。その犬を、恋人である弟さんに見せようとした」

「あり得ない」

「どうしてです？」

「だって……」

二三子は動物が嫌い、と言いかけて、危ういところで口をつぐんだ。

福家は気づいたのか気づかないのか、手帳に目を落としている。

「……弟は悪徳ブリーダーだったのよ。動物たちにどれだけひどいことをしているか、恋人なら気づいたはずよ」

「それもそうですね」

「それに、二三子の家に犬がいたわけではないんでしょう？」

「ええ。動物を飼っていた痕跡は皆無でした」

「なら、犯人が持ちこんだ説は成立しないわね」

福家は「うーん」と言いながら、首を捻る。

「現場に犬がいたと考えれば、すべてに説明がつくのです」

「弟が裸であったことも含めて？」

「はい。犯人は現場に犬がいたことを知られたくなかった。ですがもし、犬が何らかの痕跡を、健成氏の着ていたローブに残してしまったら？　嚙んだのか、舐めたのか——犯人はそれを回収しなくてはならなくなります」

「それで裸にした……。どうも私にはぴんとこないわ。あなたは二三子が犬を連れてきたと言ったわね。それが本当だとして、どうして犬の痕跡を消さなくてはならないの？」

福家は素直に首を振った。

「判りません」

「あなたの指摘は、些細で取るに足らないものばかり。次々に挙げてくる仮説は根拠に乏しく、矛盾だらけね」

「おっしゃる通りです」

「そもそも、犯人はもう判っているわけでしょう。いくら口うるさい上司がいるからって、ちょっとおかしくない？　ねぇ、あなたの本当の目的は何なの？」

少し間を置いた後、福家は言った。

「私は、片岡二三子さんが犯人ではないと思っています。誰か他の、犬を連れてくる必要があり、さらに、その痕跡を消す必要のあった人物ではないかと」

千尋はいまのひと言を噛み締めながら、小さくうなずいた。

「ようやく本音が出たわね。あなたは最初から、片岡二三子が犯人だなんて思っていなかった。私を疑っていた。そうでしょう？」

福家は目をぱちくりさせた。

「あなたを疑う？」

「下手な芝居はやめることね。あの犬を連れてきたのも、推理を確認するためでしょう？　私が犬を黙らせることができるのか」

「犬の件は偶然です。飼い主希望の方に懇願されたので、ここに連れてきただけでして」

千尋は福家の目から、何らかの感情を読み取ろうとした。人に限らず、最も感情が表れるのは、目だ。動物でも、目を見れば、ある程度のコミュニケーションが取れる。

だが、眼鏡の奥で光る目からは、何も読み取れない。逆に、こちらが引きずりこまれそうな錯覚を覚える。危険な目だ。

「用件が済んだのなら、お帰りいただける？」

「はい」

福家は素早く手帳をバッグにしまう。

「ちょっと待って」

こちらに背を向けようとする福家を、千尋は呼び止めた。

「参考までに聞かせて。あなたはどうして、二三子が犯人ではないと考えたの？」

福家の答えは早かった。

「靴です。事件現場の出入口付近に、灯油をこぼした跡がありました。ストーブに給油するため、一階から運ぶ途中にこぼしたものと思われます。かなり広範囲にこぼれていて、部屋に出入りした者は皆、そこを踏みます。つまり、靴の裏が灯油臭くなるのです。私は片岡二三子さんの部屋へ行き、靴の裏を片っ端から確認しました。灯油の臭いがするものは、一足もなかったのです」

千尋は、後ろに組んだ手を握り締める。

「根拠はそれだけじゃないんでしょう？」

「ええ、もちろん。ただ、些細で取るに足らないものばかりですし、組み上げた仮説も根拠に乏しく、矛盾だらけです。あなたに申し上げる段階ではないようですので」

福家はぺこんと頭を下げ、出ていった。

はらわたが煮えくり返るとは、まさにこういう状況だろう。あの刑事に、いいようにあしらわれている。

千尋はデスクにあった伝票の束を取ると、力いっぱい壁に投げつけた。

十

横山《よこやま》あゆみは、客のいないスナックの片隅で、ウイスキーをあおっていた。営業中の深酒は御法度だが、片岡二三子の死を知って以来、やめられずにいる。昨夜は常連客と大喧嘩になってしまい、貴重な収入源を二人失った。

「ああ、まったくやんなっちゃうね」

あゆみの店は、カウンターが七席だけの小さなものだ。午後十時から翌午前三時までが営業時間だが、最近は二時前には閉めていた。客が来ないのだから、開けていても仕方がない。

そろそろ、潮時かねぇ。

片岡二三子とのつき合いは、随分と長かった。銀座の店にいた時分に知り合い、馬が合った。喧嘩は日常茶飯事だったが、しこりが残るようなことはなかった。

お互い、店を任されてからも、暇を見つけては行き来していた。同業者と愚痴を言い合うことほど、ストレス解消になるものはない。向こうも同じ心持ちだったのだろう。

「何で死んじまったんだよ。あんたが自殺なんてさ、あたしゃ、信じられないよ」

「実は、私も信じられないのです」

その声に驚いて、あゆみはスツールから転げ落ちた。

「あ、あ、あんた、いつの間に？」

「先ほどからここに。入るときに声をかけたのですが」

「ああ、びっくりした。あいつが化けて出てきたのかと思った」

「あいつというのは片岡二三子さんでしょうか」

「そう。あたしの数少ない友達でね……おや、あんた、二三子を知ってるのかい？」

テーブルに空のグラスを置いたあゆみは、改めて不思議な訪問者を見た。場末のスナックには似合わない、紺色のスーツ姿だ。それに加え、何とも野暮ったい縁なしの眼鏡。

「私、こういう者です」

バッグから黒い手帳のようなものをだす。あゆみは目を細めるが、眼鏡を忘れてきた上に店内の照明が暗いので、よく判らない。

「消防署の点検かい？」

「違います」

「保健所？」

「いえ」

「警察のわけはないよねぇ……ああ、カラオケの人だ！　機械の点検に来るって言ってたね」

「いえ、警察です」

「はぁ？」

「警視庁捜査一課の福家と申します」

「ふくいえ？」

あゆみは相手が示している手帳に、ぎりぎりまで顔を近づけた。たしかに桜の代紋だ。

「警察って、うちは何もやっちゃいませんよ。未成年に酒はだしてないし」

「いえ、そういう用件ではないのです。片岡二三子さんのことで」

「……ああ、二三子、そりゃあね、あいつはダメな女だったよ。惚れっぽいくせに、癇癪持ちでさ。かっとなると見境がつかないんだ。切った張ったの挙げ句、警察沙汰になって、あたしんとこまでとばっちりが来る。そんなこととしょっちゅうだったよ。でも、それもおしまいさ。あんな火の玉みたいな女がね、よりにもよって自殺しちゃうなんて。そりゃあ、人を殺《あや》めるのはよくないさ。でも、二三子はそれで参るような女じゃなかったよ」

グラスをあおったものの、中身は空だ。

あゆみはカウンターにあるボトルを取り、氷も溶けてなくなったグラスに、琥珀色の液体を注ぐ。

「福家さん、あんたもやる？」

「いえ、職務中ですので」

「そう。じゃあ、失礼して勝手にやらせてもらうよ。それで？　二三子の何をききたいの？」

「いくつか質問を用意してきたのですが、いま、あなたがおっしゃったことで、ほとんど済んでしまいました」

「へ？　あたし、何かおっしゃったかい？」

「はい。二三子さんの人となりを」

「長いつき合いだったからね」

「最後に会われたのはいつですか」

「十日ほど前だったかね。うちに飲みに来た」

「そのとき、二三子さんはどんな様子でしたか」

「どんなも何も、いつもと同じだよ。惚れた男への文句と惚気《のろけ》を交互に並べてさぁ、聞いてるこっちが嫌になっちゃったよ」

「二三子さんには特定の男性がいたわけですね」

「まあ、本人はその気になっていたよ。手ひどくやられなきゃいいと思っていたんだけどねえ」

ふいに涙がわいてきた。テーブルにあったハンカチを目に当てる。ツンとウイスキーの匂いがして、余計に目に沁みた。さっき、こぼれた酒をこれで拭き取ったのを忘れていた。

「いてて」

女刑事が、すぐに白いハンカチを差しだしてくれた。むしり取るようにして、目頭を拭く。痛みが少しずつ薄れていった。それと共に、突如膨れ上がった悲しみも、潮が引くように静まった。

あゆみはハンカチを返しながら、言った。

「ちゃんと説教してやればよかったんだよ。つき合いが長いもんだから、こっちも慣れっこになっちゃってさ。二三子の男運の悪さは筋金入りだったし、当人がそのことを全然、判っていなかった。散々貢がされて、いいようにあしらわれてさ。今度も絶対にそうだと思ってたんだ。相手は、フリーザーをやってるヤクザもんだろう?」

「ブリーダー」

「どっちでもいいよ、そんなもん。あれは随分、残酷な商売だっていうじゃないか。もっとも、二三子も動物は嫌いだったからね」

福家の細い眉がぴくりと動いた。

「片岡さんは、動物が嫌いだったのですか」

「ああ。そっちの方も筋金入りさ。小さい猫を見ただけでも、嫌な顔をしてたよ。でも、一番嫌いなのは犬だったね。子供のころ咬まれたとか何とか言ってたっけ。それ以来、姿を見るだけで足が竦んじまうって」

「それ、よく判ります！」

「あん？　何が判るって？」

「いえ、申し訳ありません、こちらのことです。続けてください」

「続けるって、何の話だっけ……そう、フリーザー！　二三子は、毎日そいつんちに通ってさ、世話焼いてるって言うんだよ。相手が本気じゃないのは判りきってんのにさ。もっとも、本人も薄々は気づいてたみたいなんだけどね。それでも、打たれ強いというか、免疫ができちまっているというか、もともと猪突猛進っていうか、周りが見えなくなるタイプだったからねぇ」

福家がすっと右手を挙げて、言った。

「すると、片岡さんに別段、落ちこんだりしている様子はなかったわけですね」

「落ちこむ？　二三子に限って、そんなことあるわけないじゃないか」

「聞きこみによると、片岡さんは最近、佐々健成氏との関係に悩み、落ちこんでいたということです」

あゆみは鼻を鳴らし、グラスの酒を飲んだ。

「そんなこと、あるわけない」

「彼女は、亡くなる数日前、近所のスーパーで入浴剤と洗剤を購入しています。混合すると有毒ガスが出るものです」

「それって……二三子が……ナニするのに使ったっていう？」

「はい。健成氏を殺害し、自殺しようと考えていたようです」

「ただの偶然じゃないの。やっぱり、あたしには信じられないよ。二三子が自殺するなんて」

「もう一つ、きいてもいいでしょうか」

「どうぞ。それが商売なんでしょ？」

「あなたは、片岡さんが自殺なんてするはずがないとおっしゃる。逆はどうでしょうか」

「それ、どういう意味？」

「片岡さんは、人殺しをするような人でしたか」

あゆみは口許に持ってきたグラスを止め、カウンターのランプでぼんやりと照らされた、女刑事の顔を見た。

「ききにくいことを、ずばりときくね」

「それが仕事なもので」

あゆみは短く笑うと、グラスをあおって空にした。

「あんた、面白い人だね」

「よく言われます」

「いまの質問だけど、答えはノーだよ。二三子は人を殺すような、いや、殺せるような人間じゃない。刑事さん相手にこんなこと言うのも何だけど、あたしも二三子もさ、どこにでもいるただの人間だよ。ちっぽけなもんさ。人殺しだの自殺だの、そんなものとは無縁で生きてきたんだ。殺したいと思ったヤツもたくさんいるし、死にたいと思ったことも一度や二度じゃない。でも、普通の人生なんて、そんなものだろう？　二三子もそんな一人だったんだよ。いったい何があったのかねぇ。こんなことになっちまうなんて」

福家はしばらく身動きもせず、空になったグラスを見つめていた。感情めいたものはまったく見えず、それでいて、ゆらゆらと燃える青白い炎のような冷たい迫力があった。

あゆみは、ため息交じりにつぶやいた。

「ただ一つたしかなことは、二三子が本気で、あの男に惚れてたってことさ」

その言葉を合図にするかのように、福家は立ち上がり、ぺこんと頭を下げた。

「お時間を取らせて、申し訳ありません」

「取られて困るような時間じゃないよ。もういいの？」

「はい、ありがとうございました」

「ねえ、暇だったらちょっと飲んでいかない？」

「そうしたいのは山々ですが、仕事が残っていますので」

「そうかい」

あゆみはボトルを取り、新しい一杯を注ぐ。

「ねえ、刑事さん」

手帳をしまい、バッグを肩にかけた福家に、あゆみは尋ねた。

「あんたが来るってことは、事件に疑問があるってこと?」

「はい、その通りです」

思いがけない答えに、あゆみの方がとまどった。

「……二三子は自殺じゃないってこと? いや、あの男を殺してないってこと? ああ、何だか、判らなくなってきた」

「そのどちらにも疑問があるのです。少しでも疑問がある限り、捜査は続けます」

「あの男を殺《や》ったのが二三子でないとするなら、本当の犯人は別にいるってことだよね。それと、二三子が自殺じゃないとしたら……」

あまりのことに、言葉が出なかった。二三子が誰かに殺されたかもしれないなんて。

福家は、あゆみが状況を理解するまで、黙って待っていてくれた。

あゆみは福家の目を見つめて尋ねた。

「本当の犯人、もう判っているの?」

「ええ。判っています」

「絶対に捕まえてよ」

「もちろんです」

福家はもう一度、頭を下げると、出ていった。

あゆみには、やり場のない怒りと興奮、そして、埋めようのない寂しさが残った。交錯する感情を制御しきれず、あゆみはボトルを取る。こんなときに一人だなんて。

そのとき、店のドアが開いた。入ってきたのは、昨夜、喧嘩をして追いだした常連客だった。

「何だい、あんた！」

興奮も手伝って、あゆみはボトルを握り、身構えた。

相手は頭を掻きながら言った。

「ママ、ゆうべは悪かったよ、言いすぎた。この通り」

振り上げた拳のやり場に困るとは、まさにこのことだ。

「ママ、友達を三人連れてきたんだ」

あゆみはゆっくりとボトルを置いた。

「入りなよ。今夜はぱあっとやろうじゃないか」

こんな客でも、いないよりましだ。

あゆみは棚を開け、グラスを四つ取りだした。

十一

あくびをこらえながら、二岡友成はエレベーターを降りた。悪徳ブリーダー殺しに巻きこまれて以来、一度も家に帰れず、夜昼の区別なく、こき使われてきた。

でも、今夜は帰らせてもらう。待ちに待った非番だ。一日家にこもり、ぐっすりと眠るのだ。

警視庁本部の廊下を歩きながら、身分証を外そうとしたとき、目の端に不吉なものが映った。

見るな。

本能がそう叫んでいた。だが、身についた悲しい習性は、本能すら凌駕していた。

自販機が並ぶ一角に、見慣れたシルエットがあった。円テーブルにおしるこの缶を載せ、ちょこんと椅子に腰を下ろしている。

「あ……福家さん……」

こちらに気づいているのかいないのか、福家は「うーん」と唸りながら、首を傾げている。

依頼された資料はすべて渡したし、鑑定なども済ませた。自分の仕事は終わっている。何もこそこそすることはない。ここは堂々と挨拶して、家に帰ればいい。

二岡は福家に近づき、言った。

「お疲れさまでした。お先に失礼します」

突然、手首を摑まれた。

「うへっ、け、警部補!?」

気づいたときには、福家の向かいに坐らされていた。

「合い鍵が五本なの」

「それより警部補、そろそろ家に帰った方がいいんじゃないですか?」

「どうして?」

「どうしてって……一応、夜ですし」

「片岡二三子が合い鍵を依頼したのは、駅前にある業者だったの。鍵の数は五本。一本は隣人、一本は借金取り、残る二本も持ち主を突き止めた。あと一本だけ判らないのよ」

二岡の言葉は、福家の耳にはまったく入っていないらしい。

二岡は半ば自棄《やけ》になって言った。

「一本くらい判らなくても、いいじゃないですか。今回の事件は被疑者死亡で決まりなんですから」

「四本は簡単に判ったの。一本だけ判らないのは気になるわ。犯人がその合い鍵を持っていたとすれば、犯行後、施錠して逃走することも可能なわけだから」

「警部補は、何でも気になる質《たち》ですからね」

「気になるといえば、健成氏の内ももにあった傷、何か情報はあったのかしら」

「さっき所轄から連絡がありました。事件の前々夜、駅前でチンピラ数人の喧嘩があったとか。通報を受け警官が駆けつけたときには、全員逃走していたそうで、身許は判っていません。ただ、目撃者の証言などから、一人は佐々健成と見て間違いないようです」

「被害届は出ていないわけね」

「ええ、組対からの情報によれば、佐々は一色《いっしき》組の下部組織と繋がりがあります。喧嘩の相手が誰であれ、警察沙汰は避けたいでしょう」

「現場指紋の特定は終わったの？」

「はい、ほぼ終わりました。佐々健成の部屋には、片岡二三子の指紋があちこちについていました。凶器も含めて」

「片岡二三子の手についていた血液は？」

「佐々健成のものでした」

「そう、ありがとう。さて、そろそろ行こうかしら」

二岡はホッとして腰を浮かした。

「じゃあ、僕もそろそろ」

「ここへ行きたいの。運転、お願い」

福家はボロボロになった地図を、テーブルに置いた。

「いまどき、こんなの使ってるんですか？　スマホのナビ使った方が……」

二岡は地図を見て、「げっ」と叫んだ。

「これ、埼玉の外れじゃないですか。何時間もかかりますよ」

「ラッシュ前に出たいの。よろしくね」

福家はおしるこをひと息に飲み干すと、言った。

「お昼、おごるから」

十二

西村知将は、建物を出て大きく伸びをした。顎をさわると、髭が相当伸びている。ここに泊まりこんで三日。無理もない。食事はカップ麺など簡単なものばかり、風呂にも入れず、軽くシャワーを浴びるだけだった。

埼玉の市街から車で約一時間、周囲を森に囲まれ、近くには人家もない。山間にあるこの場所にアニマルガードのシェルターを作って二年になる。二千坪の敷地には、動物たちの畜舎、スタッフたちの宿泊施設、ケガや病気の動物を収容する医療施設の三棟があった。

いま、宿舎は引き取ってきた犬たちでほぼ埋まり、医療施設もフル回転だ。

犬たちは人の姿に怯え、餌も食べようとしない。体を洗おうにも、激しく抵抗し、牙を剝く犬もいる。

皆の疲労は限界にきており、これ以上無理をさせたら思わぬ事故に繋がる恐れもあった。

さて、どうしたものか。思案に暮れていると、ベテランの瀬谷《せや》が作業着の汚れを払いながら出てきた。

「いやあ、覚悟はしてましたけど、辛いっすね」

そう言って笑う男の目には、濃い隈が刻まれている。

「環境が大きく変わったので、いままでいた子たちも不安になっています。こういうのは伝染するので、厄介ですよ」

「そうだな。飼い主希望者との面談もできないし、悪循環だ」

「一つ、きいてもいいですか？」

瀬谷が、目を泳がせながら言った。

いよいよきたか。内容に見当をつけた西村は、腹に力を入れた。

「西村さんたちが、あそこまでする必要、あったんですか？　そりゃあ、あの子たちは可哀想だし、何とかしてやりたいと思うのは当然ですけど」

「おまえらが気にしているのは、犬のことじゃなくて、佐々千尋さんのことだろう？」

ずばり切りこまれ、瀬谷はいよいよ泣きそうな顔になった。

「いやあ、僕は別に……」

「いいよ。おまえらにも言いたいことはあると思う。俺があの人に、いいようにされてると考えているんだろう？　だが、それは誤解だ。佐々さんは純粋に、犬たちを救いたいから行動したんだ。協力させてくれと言ったのは俺の方だ。殺処分をゼロにする、動物愛護法を改正させる、アニマルポリスや動物シェルターを作る、我々にもいろいろな目標がある。だけど、目の前で苦しんでいる動物を助けられなくて、夢や理想を語る資格なんてないだろう」

「それは、そうですけど……」

「荒唐無稽な理想論に聞こえるかもしれないが、俺たちがやろうとしているのは、そもそも、そういうことなんじゃないのか？」

瀬谷は曖昧な笑みを浮かべた。いまの言葉を彼に理解してもらおうとは思っていなかった。理想では生活できない。言いたくはないが、何をするにも金がいる。

西村が長く住んでいたドイツとは違い、日本の行政はまったく当てにならない。法整備なんて夢のまた夢だ。ならば、自分たちで何とかするほかはない。

佐々千尋はそうした面にまで目を向けている。

彼女なら。西村にはそんな思いがあった。

彼女の理想は、自分の理想でもある。二人は同じ方向を向いて進んでいる。西村は、そう信じていた。

同時に、危うさも覚えていた。最近の千尋は、性急に事を進めすぎる。理想の実現には時間がかかるものだ。歯がゆくなるほどゆっくりでなければ、物事は進んでいかない。最後に試されるのは忍耐力だ。

できることなら、千尋の傍にいて力になりたかった。だが、現状では不可能だ。二人で会うことすら、当分は難しいだろう。

どうにもできない自分に対する苛立ちが、澱《おり》のように溜まっていくのが判った。

「西村さん？」

瀬谷はいつの間にか姿を消し、事務担当の女性が戸口に立っていた。怯えたような目で、こちらを見ている。

「どうしたんですか？　ものすごく怖い顔をしてましたよ」

西村は両手で自分の頬を叩き、気持ちを切り替えた。

「ごめんごめん、ちょっと考え事をね。何？」

「ご面会の方が」

「取材ならダメ」

「それが、警察の人だって」

「警察？」

「ええ。東京から車で来たみたい」

「やれやれ、追い返すわけにもいかないか。いいよ、ここにお連れして」

「はい」

女性は逃げるように、屋内に消えた。西村の鬼気迫る顔が、よほどショックだったとみえる。

普段から、西村はスタッフの前で不安や怒りをださないよう心がけている。それがリーダーとしての務めだと考えているからだ。アニマルガードの組織力はまだ脆弱で、働くスタッフも常に不安と隣り合わせだ。そんなとき、リーダーである自分が、悲観的に振る舞えるはずもない。常に明るく前向きであるよう努めてきた。その鎧が、一瞬とはいえ外れるなんて、やはり疲労が溜まっているのだろう。自宅の棚にあるスコッチの瓶が、無性に恋しかった。

「こちらです」

案内されて、一人の女性がやってきた。紺色のスーツを着た、小柄な女性だ。筋骨たくましい男が来ると思っていた西村は、その姿をまじまじと見つめてしまった。

「お忙しいところを申し訳ありません」

女性は警察バッジを示した。

「警視庁捜査一課の福家と申します」

「西村です。立ち話も何ですから、あっちの小屋に行きましょう。スタッフの休憩室がありますす」

「いえ」

福家は靴の踵を合わせ、背筋を伸ばした。

「ここでけっこうです」

「いや、ここは寒いでしょう。向こうに行けば、坐るところも温かいコーヒーもあります」

「たしかに寒いですし、コーヒーもいただきたいのですが、あちらには犬がいるのではないかと」

「犬？　そりゃあいますよ。いま、この施設は超満員でしてね。動物がいないのは、スタッフの寝る場所くらいです」

「では、ますますここで」

「……刑事さん、犬がお嫌いですか？」

「嫌いというか、苦手なのです」

「それは失礼しました。ここに来るまで、大変な思いをなさったでしょう」

「それほどでもありません」

入口からここまで来るには、犬たちのいる部屋やクリニックを通り抜けねばならない。それらの場所は、いまも戦場のような有様だ。

福家は、額に浮かんだ汗をハンカチで拭き、二度、深呼吸した。

「もう、大丈夫です」

「では、せめてこちらへ」

砂利道の先に、わずかな芝生のスペースがある。そこにあるベンチに、福家を誘導した。

山間で、この季節の風は肌が切れそうに冷たい。冬晴れで日の光が救いといえば救いだが、西村の手先は既に痺れるくらいに冷えていた。

「それで、ご用件は？」

西村は立ったままきいた。ベンチに腰を下ろし、バッグを膝に載せた福家は、くいっと顔を上げ、こちらを見た。

「こちらには、犬が何頭いるのでしょうか」

早く本題に入ってほしいんだがな。西村は手をこすり合わせ、白い息を吐きながら答えた。

「いまは犬が四十頭ほどです。もちろん他の動物もいますよ。猫が二十匹。兎、狐もいます」

「犬が多いのは、あの施設の件が影響しているのでしょうか」

「ええ。あそこは本当にひどい場所でした。ここに引き取ったのは十三頭、残りは他のシェルターや受け入れを表明してくれた獣医の許にいます。治療が必要な犬もいましたから」

「今回の立入りは、どういった経緯で行われたのでしょう」

福家の手には、いつの間にか、黒い表紙の手帳とボールペンがあった。

「それについては、取材にも答えましたし、いままで散々、話してきましたよ」

「恐れ入りますが、もう一度お願いします」

西村は作業着のポケットに両手を突っこみ、これ見よがしのため息をついた。

「ああした施設の情報は、全国にいる会員や一般の人から入ってきます。うちのホームページを見て、電話をしてくる人も多いんです」

「では、今回も一般の人から？」

「いつもとは少し事情が違います。最初に情報をくれたのは、佐々千尋さんなんです。ご承知と思いますが、あの施設の経営者の一人は、彼女の弟さんでした。佐々さんはペットショップを営みながら、動物愛護の活動もされています。施設の実情に気づいた佐々さんは、我々に調査を依頼しました。施設の悪評は我々の耳にも入っていたので、それをきっかけに行動を起こしたわけです」

「つまり、第一報は佐々さんからですね。それは、いつごろでしょう」

「半年、いや、八カ月ほど前でしょうか」

「私たちの調査では、施設が稼働を始めて二年弱です。どうして佐々さんは、もっと早くあなたに相談しなかったのでしょう」

何か変だ。西村は返事をためらった。この刑事はいったい何のために、このような質問をするのだろう。

「刑事さん、それはどういう意味でしょう。あなたは佐々健成の件を捜査しているんですよね」

「はい」

「あれは犯人が自殺して解決したはずですよね」

「まだ捜査は終了していません」

「何ですって?」

「捜査といっても、型通りのものです。多くの方の話を聞き、裏づけをしていく。いまはその段階なのです」

納得できたわけではないが、寒空の下、いつまでも刑事とやり合ってもいられない。

「いいですか、施設の経営者は、血の繋がりがないとはいえ佐々さんの弟だった。そんなことが明るみに出れば、彼女の名前に大きな傷がつく。彼女だって、相当、悩んだはずです。ブリーダーはやりようによっては儲かるが、やはり管理には手間がかかる。そうそう長く続けられるものでもない。しばらく目を瞑《つむ》れば、弟の件は闇に葬れる。そうする選択だってできたんだ。一年と少しの間、行動しなかったのは、そうした逡巡があったということですよ。僕は、そのことで彼女を責めるべきではないと思う」

「それはもちろんです。彼女の行動は立派だと思っています」

「本心から？」

「ええ」

冬の淡い日差しを浴びた福家の顔からは、何の感情も読み取れない。

「立入りの日程については、どうだったのでしょう？」

「さあ、詳しいことは忘れましたが、佐々さんの情報を基に我々独自の調査を行い、施設内部も隠し撮りしました。犬の状態は最悪で、一刻の猶予もないと判断したわけです。ただ、ここまでスムーズに事が運ぶとは思っていませんでした」

「といいますと？」

「不謹慎な言い方になりますが、今度の事件が味方してくれたんです。警察と関わり合いになりたくないと、施設を放りだし、夜逃げ同然に出ていってくれた。そのおかげで、我々は犬たちを救出することができた。釈迦に説法ですが、我々には捜査権などない。ひどい扱いを受けている動物が目の前にいても、所有者の承諾なしに立ち入れば、不法侵入で訴えられる。動物を持ちだせば窃盗罪になる」

「収容された犬たちは、ここで一生を終えるのでしょうか」

西村の説明は無視され、まったく別の質問が飛んできた。苛立ちを覚えたが、何とかこらえる。

「多くは新しい飼い主を見つけて出ていきます。うちでは月に一度、里親会を開いていましてね、里親希望者に、犬や猫を見てもらうんです」

「それ以外に、施設を出ることはないのですか」

「例外はあります。一つは病気になったときです。施設にも獣医はいますし、しっかりとした診療設備があります。それでも手に負えない場合は、提携している獣医の許へ連れていき、入院させることになります」

「いまおっしゃった二つのケース以外に、動物を連れだすことはありますか」

福家の求めているものが、西村にも判ってきた。それは、薄々予想していたことであり、最も危惧していたことでもあった。

「例外中の例外として、里親希望者のところへ動物を連れていく場合があります。体に障害のある方であったり、介護などで自宅を空けられない方のために」

「例外中の例外ということは、一般の人が申しこんでも対応してもらえないわけですね」

「ええ」

「どうすれば、対応してもらえるのです?」

「佐々千尋さんを介して、申しこんでもらうんです。彼女と面接し、彼女がオーケーをだした場合に限り、動物を先方まで運びます。大型種の場合は、うちのスタッフが車をだします。小型種の場合は、佐々さんが車に乗せて運んでいきます。ただ、そうしたケースはごくまれで、一年に数回あるかないかです」

「最近、佐々さんが動物を持ちだしたことはありますか」

ここが核心であることは、西村にも理解できた。顎を引き、相手の目を見つめて言う。

「いいえ、ありません」

福家も、しばし無言で、こちらを見返してきた。

凍えるような寒さであるはずなのに、背中にジワリと汗をかいていた。こめかみの辺りを冷たい滴がひと筋、流れ落ちていく。

「判りました」

パタンと音をたて、手帳が閉じられた。

「お忙しいところ、ありがとうございました」

去っていく福家を、西村はうなだれて見送るしかなかった。

戸口で、瀬谷が福家と行き合った。

「あれ、刑事さん、お帰りですか」

「はい」

「ここまではどうやっていらしたんです?」

「車です」

「ご自分で運転を?」

「いえ、鑑識の二岡という者が運転してくれています」

「山道の運転は大変ですから、お気をつけて」

「ありがとうございます」

「玄関まで、ご案内しましょう」

運転手代わりに使われて、二岡というヤツも大変だよな。

ぼんやりとした頭で、西村はそんなことを考えていた。

だが、いつまでも目を背けてはいられない。はっきりさせねばならないことがあった。電話一本かければ確かめられる。それをためらわせたのは恐れだった。

「西村さん！」

建物の中から、スタッフの呼ぶ声が聞こえた。

「バンゴがまた発作を！」

バンゴは五年前に保護された老猫だ。ダニで皮膚をやられ、毛がほとんど抜けていた。片目は失明しており栄養状態も悪かったが、療養の結果、命を取り留め、この一年ほどは猫部屋の主として平穏な生活を送っていた。だが、一週間前に発作を起こし、治療中だった。獣医の診断では、もって数日とのことだったが。

西村はバンゴのもとへ駆けだした。いまこの瞬間は、すべて忘れていよう。

十三

シャッターを下ろした書店の陰に隠れ、佐々千尋は通りを挟んだ斜め向かいにあるペットショップを見つめていた。午後十時、周囲はほとんど閉店しているが、いまだ煌々《こうこう》と明かりをつけている。店先に並ぶのは、ケースに入れられた子犬や子猫だ。

駅から続く商店街は、住宅街への通り道であり、終電まで人通りが絶えることはない。ひときわ目立つペットショップの前には、カップルやＯＬが足を止め、仕切り越しに動物を眺めて嬌声をあげていた。

その様子を、千尋はカメラで撮影する。

午後八時以降、動物の展示販売は禁止されている。あの店は、それを無視しているのだ。愛護団体から連絡を受けて以来、千尋は時間の許す限り、証拠集めを手伝っていた。違法といっても、罰則、罰金はごく軽いものだ。違法の実態を口頭で通報したところで、警察は相手にしてくれない。動かぬ証拠を揃える必要があるわけだ。

首筋に視線を感じた。振り返った先には、もはや見慣れた顔があった。

「福家さん……」

「夜分、恐れ入ります。お店にうかがったら、こちらだということでしたので」

「もう、驚かせないで。心臓が止まるかと思ったわ」

「申し訳ありません」

千尋は店先に目をやると、

「私が何をしているか、判る？」

「違法販売の証拠集めですね」

「さすが、よく判ったわね」

「終わるまで、向こうでお待ちしましょうか」

「いえ、それには及ばないわ。丁度いいから一緒に来て」

千尋は強引に福家の手を取り、ペットショップへ向かう。

展示ケースに群がる人をかき分け、中に入った。

千尋はそっと福家に耳打ちする。

「店内も確認したかったの。一人だと、入りにくくて」

聞いているのかいないのか、福家は不安そうに店の奥をうかがっている。店頭展示から漏れた動物たちは、奥の展示コーナーに置かれている。犬の気配を感じているのだろう。

「大丈夫よ、ケージに入っているし、子犬ばかりだから」

無理矢理、店の奥へ連れていく。

わずかなスペースに積み上がった小さな檻に、子猫や子犬が入っていた。数人の男女が陣取り、しげしげとのぞきこんでいる。動物にとっては、かなりストレスが溜まる状況だ。

「福家さん、上手く盾になってね」

千尋はポケットに入れたカメラを取りだし、動画モードにして、周囲を撮り始めた。スタッフに気づかれぬよう、福家の体を遮蔽物にして、カメラに収めていく。

「ばっちり、ありがとう」

一分ほどで撮影を終え、カメラをバッグに戻した。

販売コーナーを離れ、ぶらぶらと店内を見ていく。犬、猫のグッズを中心にかなり充実している。餌は大手メーカーのものが価格帯ごとに並んでいた。兎用のケージや餌用の草、小鳥の壺巣、水浴び用のバスなど、こんな店が近所にあればさぞ便利であろう。

だが、生体の販売に関しては、かなり杜撰《ずさん》だ。

「それで刑事さん、今度は何？」

ネコ用トイレの棚を眺めながら、千尋はきいた。

「弟さんの殺害事件に、またいくつか疑問が出てきまして」

「相変わらずね。いい加減、上司に怒られない？　解決済みの事件をほじくり返したりして」

「それが、解決済みではないようなのです」

「え？」

千尋は商品棚の前で足を止める。

「片岡二三子さんの自殺についても疑問が出てきました。彼女も殺害された可能性があるのです」

「そんな……彼女はお風呂場で自殺したのでしょう？」

福家はバッグに手を突っこむと、一枚の写真を取りだした。写っているのは、水をなみなみと張ったバスタブだ。

「これが何か？」

「片岡さんが亡くなったときのバスタブです。水が張ってあります」

「そんなの、見れば判るわ」

「奥の窓にガムテープで目張りしてありますね」

「ええ」

「そこが悩みの種なのです」

「なぜ？」

千尋は歩きだす。犬のリードを売るスペースを通り、ペット用消臭剤の並ぶ棚の前へ。数人の客が商品を手に取り、パッケージを見比べている。

福家はぴたりと後についてきて、言った。

「奥の窓に目張りをするには、バスタブの中に入るか、縁に足をかけ、バスタブをまたぐ恰好で作業をすることになります」

「そうね。それのどこに問題があるの？」

「あなたほどの背丈があれば気にならないかもしれませんが、片岡さんは小柄な方でした。バスタブをまたいで目張りをするのは、少々難しいのではないかと」

「別にできなくはないでしょう」

「はい。その気になれば、何とか可能です。ただ、ここまで水が張った状態ですと、どうしても足が濡れてしまいます」

福家は自分の足先をひょいと上げた。

「福家さん、ご自分で実験なさったのね」

「はい。何度やっても、靴下が濡れてしまうのです。片岡さんは私より身長が二センチ低かったわけですし」

「あなたいったい、いつ寝てるの？」

「寝ていません」

「睡眠は大切よ。特に女性にとっては」

「そうですね。判ってはいるのですが、捜査となると、つい……」

「私もよ。動物のことになると、寝ることなんて忘れちゃう。ええっと、何の話だっけ？」

福家はバッグから二枚目の写真を取りだした。きちんと揃えられた足先のアップだ。毛糸の白い靴下。あの日、千尋も見た。

「これは亡くなったとき、片岡さんが履いていた靴下です。触ってみましたが、まったく濡れていませんでした」

「ちょっと待って」

店員が、二人のことを不審な目で見始めていた。このままでは正体がばれてしまう。

「場所を変えましょう」

千尋は足早に店を出た。福家がついてくるか確認せず、通りを渡り、元いた書店の前に戻る。ペットショップの死角に入ったことを確認し、振り向いた。福家は彼女の真正面に立ち、写真をかざしていた。

千尋は言った。

「濡れていたけど、乾いたんでしょう」

福家はすかさず、三枚目の写真をだしてきた。今度は洗濯カゴを写したもので、一番上に赤い靴下が載っている。

「この靴下は湿っていました。しかも足の裏に木くずがついていたのです」

「どういうこと？　話が見えないわ」

「遺書によれば、片岡さんは健成氏を殺害後、すぐに帰宅、遺書を書き、窓に目張りをし、自殺を図ったことになっています」

「流れとしては自然よね」

「そうなりますと、なぜ靴下が濡れなかったのか、判らなくなるのです」

「濡れたから穿き替えたんじゃないの？」

「これから自殺しようという人がですか？　その前に、まず気になるのはバスタブの水です。どうしてなみなみと張られているのか」

「前の晩に入ったお湯を、そのままにしていただけでしょう」

「そうでもないのです。調べたところ、残り湯ではありませんでした」

千尋は肩を竦《すく》めるしかない。福家は続けた。

「遺体が見つかった日、あの一帯は工事で断水する予定で、アパートの掲示板にも告知が出ていました。片岡さんは亡くなる日の夕方、そのことを知ったと思われます」

「どうしてそんなことが判るの？」

「掲示板を見て片岡さんが驚いていた、という証言があるのです。恋人を殺して自殺しようと考えている人間が、断水に備えて水を貯めますか？」

「あの女が計画的に殺したとは限らないでしょう。発作的に殺し、発作的に自殺したのかもしれない。お風呂に水を貯めているときは、生きる気満々だったんじゃないの？」

「この靴下、木くずがついています」

「あなた、人の話を聞きなさいよ」

「この木くずは、寝室にある踏み台に乗ったときについたものです。寝室の柱に、金運のお守りが吊してあります。片岡さんはその中に、銀行から下ろしたお金を入れていた」

「金運だなんて、バカバカしい」

「本人は大まじめだったようです。近くのＡＴＭのカメラを確認したところ、亡くなる日の夕方、現金を下ろす片岡さんが写っていました。その日の片岡さんの行動をまとめるとこうです。現金を下ろした後、百円ショップで口紅を購入。自宅に戻り、掲示板を見る。慌てて水を張り、続いて踏み台に乗った。この動きは逆だったかもしれません。その後、窓にガムテープで目張りをした」

「そんなバカな」

「目張りをするとき、バスタブの水で靴下が濡れます。片岡さんはそれを洗濯カゴに入れ、新しいものと穿き替えた。これならば、すべての疑問に説明がつくのです」

「つかないわよ。根本的におかしいじゃない。弟を殺す前に目張りをするなんて」

「そう、根本的におかしいのです。遺書には『いま、窓を塞ぎました』とあります。ですが、実際に窓が塞がれたのは、それよりもかなり前だと推理できるのです」

千尋は腰に手を当て、福家を睨みながら言った。

「物事が常に理屈で説明できるとは限らないでしょう。パニック状態だったから、意味のない行動をしたのかもしれない。掲示板を見たからといって、すぐに水を張ったとは限らないわ。死ぬ前に入浴しようとしたのかもしれない。死ぬ前に化粧をする人もいるんでしょう？口紅を買ったって、あなた言ったわよね」

「あるいは、まったく異なる見方もできます。そもそも、片岡さんはパニックなど起こしていなかった」

「そうは思えないけど。だって、彼女は自殺を考えていたわけでしょう？　だから、自殺に使った薬剤が家にあった」

福家は眉間に皺を寄せ、首を捻った。

「そこにも疑問があるのです。片岡さんの友人から聞いたのですが、彼女は到底、自殺を考える人間ではなかったそうです」

「借金があったと聞いたけど」

「はい。そこにも疑問があります。先ほど片岡さんがお金を下ろしたと言いました。それは、借金の返済に充てるお金だったのです。返済日は亡くなった翌日でした。人を殺して自殺しようと考えている者が、そんなことをするでしょうか」

「福家さん、あなたいったい何をしにここへ来たの？」

「といいますと？」

「弟を殺した女について私にあれこれ尋ねても、答えられることはないわ」

「これは失礼しました。回りくどくなってしまうのが、私の欠点のようです」

「欠点はそれだけじゃないけどね」

「恐れ入ります。では、単刀直入に申します。片岡二三子さんは、佐々健成氏殺しの犯人ではないと思うのです」

「本気で言ってるの？」

「それだけではありません。片岡さんもまた、同じ犯人に殺害されたと考えています。上司も私の意見を認めてくれました。この事件の被害者は一人ではなく二人なのです」

千尋の築いた壁は、崩されつつあった。様々な感情が渦巻くなか、自然と浮かんできたのは、笑みだった。

「それで？　二人を殺した犯人の目星はついているのかしら」

「はい。犯人は健成氏の死によって得をする人物。そして、犬に詳しい」

「犬？」

「はい。健成氏の殺害現場には、犬がいました」

「犬用ジャーキーの推理ね」

「はい。その犬は、やはり犯人が連れてきたのだと思われます」

「なぜ?」

福家は人差し指をぴんとたてて言った。

「ロープを持ち去っていること、犬を火傷から守ろうとした形跡があること、そして、犬を連れ帰っていること」

「じゃあどうして、犯人はわざわざ犬を連れていったの?」

「部屋に入るための口実だと考えています。犯人と被害者の関係はあまり良くなかった。用件でもない限り、家に上げてもらえない。そこで犬を使ったのではないかと。例えば、健成氏が手に入れたがった犬を提供すると約束した」

「話を聞くだけで吐き気がする。弟がやっていたのは人として最低のことだったけれど、彼の顧客も同じく最低の人間だと自覚すべきだわ」

「健成氏の顧客リストを洗いました。その中にミニチュアダックスを発注した人がいたのです。その顧客によれば、健成氏は、手許にはないが当てがあるから用意できると請け合ったそうです。約束の日は、彼が殺害された翌日です」

「弟はブリーダーよ。犬はすぐ手に入ったでしょう」

「ところが、施設内にミニチュアダックスはいませんでした」

「あなた、そんなことまで調べたの?」

「はい。三頭のミニチュアダックスが保護されはしましたが、健康に問題があり、とても顧客に渡せる状態ではなかったとのことです」

あの施設の様子を思いだすと、いまだに息が詰まる。檻にまとめて入れられた三頭のミニチュアダックスは、水すら与えられず、糞にまみれ、力なく折り重なっていた。三頭とも入院中だが、精神面も含め、完全に回復するのは難しいだろう。

福家は続けた。

「犯人は、犬を見せると言って、ドアを開けさせたのではないかと考えています。被害者宅の玄関には監視カメラがありました。簡単に鍵を開けたとは思えません」

「あり得ることね」

「部屋に入った犯人は、健成氏の求めに応じ、犬を放します。その際、万一の事故を防ぐため、薬罐を移動させました。その後、健成氏が挑発するようなことをしたのでしょう。犬は彼を攻撃した。着ていたバスローブに咬みつくか何かしたのです。そこで犯人は、健成氏を殺害後、犬の痕跡が残ったバスローブを脱がせ、回収した」

「なぜ、犬の痕跡を消そうとしたの？」

「第一に、片岡さんが動物嫌いだったからです。聞きこみによれば、相当な嫌い方のようでした。その気持ち、よく判ります。つまり、片岡さんが自ら犬を連れてくることはあり得ません。そして、もし犬がいたら彼女は部屋に入らなかったでしょう。彼女に罪を着せたい犯人としては、犬の痕跡を消さざるを得なかったのです」

「第二は？」

「犬の線から辿られるのを恐れたためではないでしょうか。犯人は犬との関わりが深い。被害者が仲介しようとしていたミニチュアダックスの件を考え合わせれば、犯人像はさらに絞られます」

「もういいわ」

千尋は声を荒らげ、福家を制した。

「これ以上、当てこすりはやめて。あなたは、私を犯人だと思っている、そうでしょう？」

「ええ」

福家ははっきりとうなずいた。

「あなたが犯人だと、確信しています」

全身が奇妙な浮遊感に包まれた。頭の芯が痺れたようになり、地面がゆらゆら揺れている感じがした。

「動機は何かしら」

「あなたのお店が建っている土地は健成氏の名義です。健成氏は近々、売却する意向だったとか」

「さすがね。たしかに、弟は売却する旨、通告してきた。でも、少し調べが浅かったようだわ。土地の買い主は、クラフト・ペットフーズという会社なの。そこのオーナーは、私の事業の賛同者でもある。取得後は、クラフトのオーナーと私がショップの共同経営者になるの。弟がこんなことになって、土地は私が相続することになるけれど、クラフトさんとの話は続けるつもりよ。残念ながら、人殺しの動機にはならないわ」

だが、福家は動じなかった。

「その件については調べが進んでいます。たしかに、動機としては弱い。ただそこに、動物が絡んできたらどうでしょうか」

千尋は言葉に詰まった。

「健成氏が運営していた施設には、助けを必要としている動物が多数いました。ですが、正攻法でいっても、門前払いにされる可能性は高い。時間もかかり、結局、動物たちは死んでしまう。ところが、健成氏が殺害されることで、状況は変わりました。警察の介入を恐れた関係者は、動物を置き去りにして姿を消します。さらに、あなたや西村さんたちによる救出劇が報道され、広く知られるところとなった。現在、アニマルガードには里親希望の連絡や寄付の申し出が引きも切らず寄せられているそうです。それは、あなたのお店も同じでしょう」

「……それが動機になると？」

「はい」

「動物を守ることが殺人の動機になるなんて、本気で考えているの？」

「では、逆におききします。動物を守るためなら、あなたは人を殺しますか」

ざわざわと波立っていた心が、福家のひと言によって、自分でも驚くほど静かになった。

覚悟が決まるとは、こういうことか。

修羅場を何度もくぐり抜けてきたと自負していたが、あれは、そんなものではなかったのだ。闘いですらなかった。闘いというのは、いま、この瞬間のことを言うのだ。

「私の家は裕福ではなくてね。父親は酒浸り、母親は毎日キリキリしながら働き詰めだった。十歳のとき父親が病気で死んで、十五のとき、母は再婚した。連れ子のいる、ろくでなしとね。ひどい家で、どこにも私の居場所なんてなかった。ただ一つの救いは、犬だったの。シバっていう名前の柴犬を飼っていてね。家に帰ると、シバと散歩に出て、河原を一緒に歩いたわ。動物に関わる仕事がしたいと思うようになったのも、シバのおかげ。アルバイトして、ちょっとずつお金を貯めて、本を読んで——。十八のとき、シバが老衰で死んだ。翌日、私は家を出たわ。昔のことを時々思い返すけど、思いだすのはシバのことばかり。両親のことも、学校のことも、靄がかかったみたいになって、はっきりした記憶はよみがえらない」

千尋はいったん口を閉じ、福家を睨みつけた。

「私が動物を守りたいと思うのは、人間より動物の方が好きだから。ただ、それだけなの」

福家はずり落ちそうになっている眼鏡を、指で押し上げる。

「それが、答えですか」

「弟の行為を告発するため、探偵社に頼んで施設の写真を撮ってもらった。それを見たとき、決めたの。彼らを守るためなら、私は何でもする」

「人殺しでも?」

「ええ。場合によってはね。おっと、これは自供ではないわよ。例えばの話」

「判っています」

「ちょっと喋りすぎね。でも、聞きたいことはすべて聞けたでしょう?」

「ええ」

「まだ、何かある?」

「いいえ。今夜のところは」

「そう。じゃあ失礼するわね。おやすみなさい」

「おやすみなさい」

福家はぺこんと頭を下げる。

「できれば、もう来ないでほしいんだけれど」

「そうはいかないと思います」

「あまりしつこいと、こちらにも考えがあるわ」

「人間は動物とは違います。人を殺せば、犯罪になります」

千尋は小さくため息をついた。

「そうね。動物を傷つけても、器物損壊罪で処理される。そんな国だものね」

千尋は右手を挙げると、福家を残して歩きだした。かなりの冷えこみであったが、頬は火照っていた。

駐車場に向かいながら、スマートフォンをチェックした。

西村からの着信が三件、最後は十五分前だ。足を止め、三つ並んだ履歴を見つめる。

動物に何かがあったのなら、着信は三件では止まらない。彼は通じるまで、かけ続けるだろう。動物とは関係のない、何かが起きたのだ。千尋に告げるのをためらわせる何事かが。

西村にかけた。すぐに、彼の低い声が聞こえた。

わざと明るく、のんびりとした調子で語りかける。

「ごめんなさい、打ち合わせが長引いてしまって、電話に出られなかったの」

「刑事が来た」

硬く抑揚のない声が言った。

「施設にいる動物の持ちだしについて、しつこくきかれた」

悪い予感は大抵、当たる。昔からそう。千尋はそんなことを思いつつ、西村の声に耳を傾ける。

「君がミニチュアダックスを持ちだしたことは、黙っておいた。君の希望通り、書類などには残していない」

千尋は目を閉じて、「そう」とだけ言った。

彼はもう気づいている。すべてに気づいてしまっている。

気詰まりな沈黙が数秒続いた後、西村は「じゃあ」と素っ気なく言って、通話を切った。

音の消えたスマートフォンを耳に当てたまま、千尋はしばし、その場に佇んでいた。

十四

千尋たちの行動には、予想を超えた反響があった。取材の申しこみはむろん、新たに提携したいというシェルター、獣医からの連絡も入り始めている。クラフト・ペットフーズとの話し合いもよりスムーズに進むはずだ。土地の件は、クラフト社内にも少数ながら反対意見があった。これで反対派を完全に押し切れる。クラフトのバックアップを受け、LAW OF THE JUNGLE はさらに活動の幅を広げることができるのだ。

店長室で、次々と入ってくるメールを眺めながら、千尋は満足感に包まれていた。

パソコンの画面から目を離し、手許に置いたスマートフォンを見る。着信はなかった。

西村からの連絡が途絶えて、既に丸一日。彼が千尋の行為をどう捉え、どう行動するのか、まったく予想がつかなかった。

不安ではあったが、あれこれ考えても仕方ない。千尋は心のどこかで覚悟を決めていた。計画は動きだした。ここまでくれば、西村抜きでも進んでいけるだろう。最大の懸念は、西村が警察に犬の持ちだしの件を話すことだが、彼が話したところで、それと健成、二三子殺しを結ぶものは何もない。

福家がどう嗅ぎ回ろうと、この動きはもう止められない。

気持ちを切り替えるために大きく伸びをし、椅子から腰を浮かせたとき、人の気配を感じた。

振り返るより先に、笑みがこぼれた。

「福家さんね」

「お忙しいところ、申し訳ありません」

千尋は振り返り、福家と目を合わせる。

「その台詞は聞き飽きた。見て判ると思うけれど、今日は本当に忙しいの」

「一点、ご報告があるのです。健成氏殺害に関する、重要なことです」

「へえ。だけど、いまの私には、まったく興味のない事柄なの。悪いけれど、引き取ってくれるかしら」

「それが、そうもいかないのです」

「福家さん！」

千尋は声を張りあげた。外で荷下ろしをしていたスタッフが、ぎょっとして動きを止める。

「こちらの我慢も、もう限界よ。いい加減にしないと、正式に苦情を申し立てるわ。捜査の現状を、ホームページに書いてもいい」

福家は困惑の表情を見せ、右手を後頭部に当てた。

「そうなると、私たちは身動きできなくなってしまいます」

「それが嫌なら、いますぐ出ていって」

「そこまでおっしゃるのなら、日を改めます。ですが、犬に関わることですので、早めにお知らせした方がいいかと思いまして」

これは福家の手だ。深追いしてはいけない。判ってはいるが、気持ちを抑えることができなかった。

「どういうこと?」

「これを見ていただけますか」

福家はいつものバッグから写真を取りだし、千尋の眼前に掲げた。

写っていたのは、人間の右足、太もものアップだった。つけ根のところに、引っかかれたような傷がついている。

「再度、健成氏の検視を行った結果、かすかながら、皮膚に引っかかれた跡のあることが判りました。そしてもう一枚」

福家は太ももの写真を引っこめ、別の写真を見せる。今度は右手が写っていた。

「健成氏の右手中指と人差し指の爪にも、傷が見つかりました。足、爪、どちらの傷も、動物が引っかいた跡と似ているそうです」

「最近の科学は大したものね。それで、用件は何なの? まさか、傷をつけた動物の種類を特定しろとか言うんじゃないでしょうね」

「実は、そのまさかなのです。あなたのような専門家であれば、特定が可能なのではないかと考えまして」

「そんなこと、できるわけないでしょう。たしかに、動物の爪にはそれぞれ特徴がある。傷の付き方も変わってくるわ。だけど、こんな目にも見えないほどの傷を解析するなんて、無理よ」

そう言っても、福家はあきらめようとしない。

「では、シェルターにいる動物たちの爪を、すべて調べるしかありません」

頭にカッと血が上ったが、冷静さはまだ保っていた。ここで怒っては、福家のペースに乗せられるだけだ。

「どうしてそんなことをする必要が？」

「健成氏が殺害されたとき、現場の部屋には犬がいたと考えられます」

「ええ、それはもう聞いた。その犬がバスローブを破き、そのために犯人は弟を裸にした。そんな推理だったわね」

「はい。爪と足の傷から見て、犬は健成氏の右側から攻撃したと思われます。健成氏はとっさに右手で振り払おうとしました。その際、牙か爪に当たって健成氏の爪に傷がついた。そして犬は、バスローブの右足のところに爪をたてた」

「その日にできた傷とは限らない。彼はブリーダーだったのよ」

「傷は新しいもので、事件当日についたと思われます」

「たとえそうであったとしても、事件と関係あるかどうかは判らない。ダメよ、シェルターの動物に手をだすことは、絶対に認められないわ」

「許可がいただけなければ、所定の手続きを踏んで、動物たちを検査することになります」

「バカバカしい。そんなでたらめな証拠で、許可が出るもんですか」

「それはやってみないと判りません」

「いいえ、判ってる。残念ね、福家さん。だって、その太ももの写真は弟のものじゃないもの」

「そんなこと、あるわけが……」

福家は一度しまった写真を取りだし、しげしげと見た。

「傷がないわ。右の太ももには刺し傷が……」

はっと頭の中のスイッチが切り替わった。いま、自分は何を叫んだのだろう。冷静になろうと努めながら、いつの間にか相手に呑みこまれていた。

福家は二枚の写真をバッグにしまうと、どことなく悲しみのこもった目で、千尋を見つめた。

「健成氏が喧嘩で怪我をしたのは、亡くなる二日前だったのです。自宅を訪ねたことがなく、長らく会ってもいないとおっしゃったあなたが、どうして傷のことをご存じなのでしょう。それも、日常生活では絶対に見ることのできない場所にある傷を」

千尋は額に手を当て、目を瞑った。

「足と爪に傷が見つかったというのは嘘なのね」

「いいえ、かすかな痕跡があったのは事実です。傷から動物を特定するのは無理ですが、逆は可能です。動物を特定し、爪や歯を調べれば、何らかの証拠が見つかる可能性は大です」

「その動物がどこにいるか、あなたには判っているのね」

「西村知将さんが運営されているシェルターだと考えています。でも、調べに行く必要はないでしょう。……いかがですか？」

「……いいわ、私がやった。犬たちを助けるために。これでいい？」

福家は小さくうなずいた。

千尋のスマートフォンが震えた。西村からだった。

福家がさりげなくこちらに背を向けた。千尋は通話ボタンを押す。

西村の声にいつもの快活さはないが、迷いの吹っ切れた強い力がこもっていた。

「千尋、俺は君と同じ道を歩いていくよ」

わき起こる感情を呑みこみ、上ずりそうになる言葉を何とか抑えつけた。

「ありがとう。でも、もうダメみたい。動物たちのこと、よろしくお願いします」

返事は待たず、通話を切った。電話機を握り締めたまま、目を閉じる。浮かんでくるのはシェルターにいる動物たちの姿だった。

最後まで、面倒みてあげたかったな……。

デスク上のパソコンには、いまも次々とメールが届いている。どれも千尋たちを応援するという内容だった。

「後悔はしていないわ」

千尋はパソコンの電源を落とした。

参考文献

藤崎童士『殺処分ゼロ　先駆者・熊本市動物愛護センターの軌跡』三五館
東潔『ペットショップのオーナーになりたい　ペットの演出家』同文書院
太田匡彦『犬を殺すのは誰か　ペット流通の闇』朝日文庫
烏丸千『ペットをめぐる不都合な真実』祥伝社黄金文庫
ARKスタッフ／原田京子撮影『Rescue!　エリザベス・オリバーの動物シェルター』ブックマン社

解　説

西上心太

楽しくてたまらない倒叙ミステリー。

それが福家警部補シリーズにふさわしいキャッチフレーズである。本書はシリーズ四作目。すでに三作が創元推理文庫から文庫化されている。すなわち『福家警部補の挨拶』（二〇〇六年、東京創元社、以下同）、『福家警部補の再訪』（二〇〇九年）、『福家警部補の報告』（二〇一三年）である。最新作は五作目の『福家警部補の考察』（二〇一八年、東京創元社）で、第七十二回日本推理作家協会賞短編部門候補になった「東京駅発6時00分のぞみ1号博多行き」が収録されている。

このシリーズの特徴を一言でいえば、「刑事コロンボ」に触発されて書かれた倒叙本格ミステリーということだ。「刑事コロンボ」については多言を要さないだろう。一九六八年から二〇〇三年まで、旧シリーズ、新シリーズ合わせて六十九本が制作されたアメリカのミステリードラマである。ロサンゼルス市警察殺人課の刑事コロンボを演じたのはピーター・フォーク。日本ではNHKで放映され、小池朝雄《こいけあさお》の吹き替えもあいまって、大変な人気を誇《ほこ》ったものだった。他の放送局も含め、何度も再放送されているので世代を超えて広く知られたドラマとなった。

癖っ毛の強いもじゃもじゃ頭、よれよれのレインコート姿、吸いかけの葉巻を指にはさみ、何かというと「うちのかみさんが」という台詞を口にする。冴えない外見で油断していると、いつのまにか犯人の証言の齟齬《そご》や行動の矛盾を見つけ、しつこくまとわりついてさらに質問をくり出して徐々に窮地へと追い込んでいく……。

このドラマで使われているスタイルが倒叙形式である。前半は犯人の犯行と罪を逃れるための工作をじっくりと描き、後半はコロンボ（探偵役）が登場。犯人の手抜かりを発見し、言い逃れの効かない証拠を見つけ出す。このスタイルはもちろん小説から移植されたものだ。

倒叙ミステリーの創始者はイギリスの推理作家オースチン・フリーマンである。彼はシャーロック・ホームズ譚に触発されて、科学探偵ソーンダイク博士を創造し、短編集『歌う白骨』（一九一二年）を発表した。今から百年以上前に、このスタイルは完成していたのである。

足を使った地道な捜査で、犯人が構築したアリバイを崩していく、非天才型の探偵役フレンチ警部を創造したことで有名なF・W・クロフツもこの形式が好きだったようだ。『クロイドン発12時30分』（一九三四年）は、彼が書いた倒叙ミステリー長編の代表作であろう。また『殺人者はへまをする』（一九四七年）はタイトル通りの短編集で、全体のほぼ半数にあたる十二編が倒叙ミステリーである。また『クロフツ短編集1』（一九五五年）も原題は

"Many a Slip"で、二十一編の倒叙ミステリーが収録されている。どちらも犯人のミス捜しという推理クイズ風の読み方をするのがふさわしい短めの短編で、ミステリー初心者だった中学生のころに大いに楽しんだ記憶がある。

倒叙ミステリーは通常のミステリーと違った楽しみ方ができる。通常は、探偵や警察官が、起きてしまった事件の謎を追っていく。読者は密室内で発見された他殺死体、あるいは犯人らしき人物の鉄壁のアリバイを前に、小説内の探偵役と同じく五里霧中の状態で事件を追っていくことになる。作中で探偵役が得た手がかりから、犯人が用意したトリックを見破ったり、あるいは断片的な情報からロジカルに犯人を絞り込んでいく。この過程で得られるわくわく感が通常のミステリー——特に本格ミステリー——を読むなによりの楽しみであることは論を俟《ま》たない。

一方、倒叙ミステリーの場合、事件は現在進行形であることが多い。犯人が被害者を殺す動機や犯行方法、そして探偵役の捜査から逃れるための欺瞞工作がじっくりと描かれる。つまり読者は犯人側の視点から、彼らの奸知に長けた巧みな計画を楽しむことができるのだ。これが倒叙ミステリーでしか味わえない魅力である。

物語の後半に至ると、犯罪が露見し（もちろん犯人は織り込み済みだ）、ようやく探偵役が登場する運びとなる。通常のミステリーと違い、読者はすでに犯人が誰であるか、どういう方法で事件を起こしたのか、探偵役が知らないことを知っている。だが探偵は犯人側のミスを見つけ出し、犯人を徐々に追いつめていく。前半では完璧に見えた犯罪も、探偵の目はごまかせない。読者は探偵と競い合い、あるいはそれを諦めて、犯人の手抜かりを見逃さない探偵の慧眼《けいがん》にひれ伏しながら、後半を楽しむことになる。これが倒叙ミステリー第二の魅力である。

前半の犯罪計画が完璧に見えれば見えるほど、後半の犯行が暴露される過程が面白くなることは自明だろう。作者は傷を内包しながら一見完璧にみえる犯罪計画を構築し、後半では目立つことのなかったその傷を、自然かつフェアな形で探偵および読者に気づかせなければならないのだ。この矛盾した前提からいかに面白い物語を作るか。それが作家の腕の見せ所なのだ。

大倉崇裕は大のコロンボマニアで知られる作家であり、コロンボのノベライゼーションも何冊か手がけている。倒叙ミステリードラマの最高峰と呼んで差し支えない作品を知悉した作者が、敬愛の念を抱きそのエッセンスを残した「本歌取り」という形で倒叙ミステリー小説に挑んだのが、この福家警部補シリーズなのである。よほどの自信がなければ発表できるはずもないのだから、その面白さは保証つきと言っていい。

福家警部補のプロフィールも映像的だ。身長は百五十センチそこそこ。あ、女性ですからお間違いなきよう。本書の中で福家を見慣れない社員と思った会社社長から、勤め始めて何年になるという質問に、「採用が二十二、いや、三だったかしら。そうすると、もう十年以上になります」と律儀に答えているから、年齢は三十半ばであろう。童顔で眼鏡、服装はたいてい地味なスーツ姿。まずもって年齢不詳で、大学生に見えたりOLに見えたりするが、警察官にだけは見えないことは確かなのだ。殺人現場に駆けつけても、警備に当たる制服警官から現場に入るのを制止されるのはお約束。持ち歩いているバッグの中は混沌としているようで、警察手帳を取り出すのに大変苦労するのも、もう一つのお約束となっている。

外見と頭脳の働きのギャップが大きいこと、ファーストネームが不明というのもご本家コロンボを踏襲している。だが福家は数々の凄い特技を持っている。まず筋金入りのワーカホリックで、何日も徹夜が続いても平然としている。このあたりは創元推理文庫の人気作品R・D・ウィングフィールドのフロスト警部シリーズを髣髴させる。他には酒が強く、サブカルにも強い。さらに本書では、登山家に引けを取らない健脚ぶりを見せるだけではなく、ボルダリングの才まで発揮して見せるのだ。シリーズが深まるに連れ、福家にいろいろな属性が加わるのも作者のお遊びであり、読者にとってのお楽しみなのである。

以下の文章は、真相に触れている箇所がございます。未読のかたはご注意ください。

本書には「未完の頂上《ピーク》」と「幸福《しあわせ》の代償」の二中編が収録されている。

「未完の頂上」の犯人は元登山家だ。スポンサー契約の打ち切りを取締役会に諮《はか》るという不動産会社の相談役を殺し、登山途中の転落事故で死亡したかのように偽装工作を行う。イレギュラーな形で事件に首を突っ込んだ福家は、事件発覚前から動き回ることになる。

山岳ミステリーも得意とする作者らしい一編だ。引退したとはいえ、一流登山家だった犯人らしい、山に関する深い知識と自身の体力を計算に入れた犯行に読みごたえがある。だが福家は、カーナビ、きれいなままの軍手、きちんとたたまれたレインウェアなどの手がかりから、犯人の奸計を見破っていく。最後は「情」によって犯人に止めを刺すのだが、徹底的に理で追い込んだ末でのことだから、読者も納得がいく。

「幸福の代償」はペット業界に巣くう動物虐待問題を背景にした二重殺人が描かれる。ペットショップの経営者の女性が、血のつながらない弟を殺し、その恋人である女性に巧みに狂言自殺を持ちかけて殺してしまう。つまり恋人が弟を殺して自殺したと見せかけるのである。被害者は悪辣なブリーダーであり、しかも犯人が経営する店の土地の持ち主で、土地を売却しようとしていた。その二つの動機から犯行に至るのだが、福家は「犬が吠えなかった」という証言から、真相の端緒をつかむ。他にも紛失したバスローブ、ストーブ上に置かれた薬《や》罐《かん》などの手がかりから推理を構築していく。このきっかけとなるトリックはいわゆる「見えない人」と並ぶ古典トリックの代表例で、ついニヤリとしてしまう。このように福家も、ちょっとした手がかりを積み重ねて犯人を追い込んでいくのだ。

コロンボが人気を博したのはなにより脚本の面白さが第一だったろうが、もう一点、コロンボ役のピーター・フォークと、犯人役のゲスト俳優の丁々発止の演技合戦を毎回見られたことにあるだろう。倒叙ミステリーは犯人当てと違い、探偵と犯人だけをクロースアップすることができるからだ。コロンボを知悉した作者であるから、このシリーズにも名探偵と名犯人の対決という狙いもあるのではないか。

「未完の頂上」の犯人・狩義之の動機は、資金不足と名誉欲という世俗的なものだが、そこに息子への愛情もからんでくるので、単純な欲得では割りきれないものがある。「幸福の代償」の犯人・佐々千尋も、無関係の女性を殺して罪をなすりつけようとする身勝手さはあるが、動物愛護という信念も持っている。

福家警部補シリーズにはミステリーとしての面白さに加え、人間くさい名犯人の創造という理想を目指していることも感じられるのだ。有名な時代小説の主人公に「善事をおこないつつ、知らぬうちに悪事をやってのける。悪事をはたらきつつ、知らず識らず善事をたのしむ」という台詞があるが、作者は殺人犯にも一片の同情すべき事情が読み取れる描き方をしているのではないかと思えるのだ。

また、特に「未完の頂上」で顕著なのだが、福家と接した事件関係者の何人もが、彼女の一言によって前向きな気持ちになっていくのが興味深い。このようななにげない挿話が、読後感の良さにつながっているのだ。

「刑事コロンボ」がなければこのシリーズは生まれなかったかもしれない。だが大倉崇裕は「刑事コロンボ」を消化し尽くし、見事な本歌取りで福家警部補シリーズを生み出し、数々の傑作を書き継いでいる。これ以上の倒叙ミステリーはない、と自信を持ってお薦めできるシリーズである。

初出一覧

未完の頂上《ピーク》　Kindle 連載（二〇一四年一月二十三日、一月三十日、二月六日）
幸福《しあわせ》の代償　書き下ろし

『福家警部補の追及』　東京創元社（二〇一五年四月）

検印
廃止

著者紹介　1968年11月6日、京都府生まれ。学習院大学法学部卒業。97年「三人目の幽霊」が第4回創元推理短編賞佳作に。98年「ツール&ストール」で、第20回小説推理新人賞を受賞。著書に『七度狐』『聖域』『無法地帯』『福家警部補の挨拶』等。

福家警部補《ふくいえけいぶほ》の追及《ついきゅう》

2020年5月22日　初版
2024年4月19日　再版

著者　大《おお》倉《くら》崇《たか》裕《ひろ》

発行所　(株)東京創元社
代表者　渋谷健太郎

162-0814/東京都新宿区新小川町1-5
電話　03・3268・8231-営業部
　　　03・3268・8204-編集部
URL　http://www.tsogen.co.jp
フォレスト・本間製本

乱丁・落丁本は、ご面倒ですが小社までご送付ください。送料小社負担にてお取替えいたします。

ISBN978-4-488-47008-1　C0193